RICORDI DI PARIGI

EDMONDO DE AMICIS

IL PRIMO GIORNO A PARIGI

Parigi, 28 giugno 1878

Eccomi preso daccapo a quest'immensa rete dorata, in cui ogni tanto bisogna cascare, volere o non volere. La prima volta ci restai quattro mesi, dibattendomi disperatamente, e benedissi il giorno che ne uscii. Ma vedo che la colpa era tutta mia, ora che ci ritorno

.... composto a nobile quiete,

perchè guai a chi viene a Parigi troppo giovane, senza uno scopo fermo, colla testa in tumulto e colle tasche vuote! Ora vedo Parigi serenamente, e la vedo a traverso all'anima d'un caro amico, che mi fa risentire più vive e più fresche tutte le impressioni della prima volta.

Ed ecco quelle del primo giorno, come le può rendere una mente stanca e una penna presa ad imprestito dall'albergatore.

Prima d'esser condotto all'Esposizione, bisogna che il lettore entri con noi in Parigi; daremo insieme un'occhiata al teatro prima di voltarci verso il palco scenico.

Siamo discesi alla stazione della strada ferrata di Lione, alle otto della mattina, con un tempo bellissimo. E ci trovammo subito imbarazzati. Avevamo letto nei giornali che i fiaccherai di Parigi spingevano le loro pretese fino al punto di non voler più trasportare persone grasse. Io feci osservare al Giacosa che noi due eravamo fatti apposta per provocare e giustificare un rifiuto sdegnoso dal più cortese dei fiaccherai. Egli s'impensierì, io pure. Avevamo indosso, per giunta, due spolverine che c'ingrossavano spietatamente. Come fare? Non c'era che da tentare di produrre un po' d'illusione avvicinandosi a una carrozza a passo di contraddanza e interpellando l'uomo con una voce in falsetto. Il tentativo riuscì. Il fiaccheraio ci rivolse uno sguardo inquieto, ma ci lasciò salire, e si diresse rapidamente verso i *boulevards*.

Dovevamo andare fino al *boulevard* degli Italiani, ossia diritti al centro di Parigi passando per la più ammirabile delle sue strade,

La prima impressione è gradevole.

È la grande piazza irregolare della Bastiglia, spettacolosa e tumultuosa, nella quale sboccano quattro *boulevards* e dieci vie, e da cui si sente rumoreggiar sordamente il vasto sobborgo di Sant'Antonio. Ma s'è ancora intronati dallo strepito della grande Stazione lugubre, dove s'è discesi rotti e sonnolenti; e quel vasto spazio pieno di luce, quei mille colori, la grande colonna di Luglio, gli alberi, il viavai rapidissimo delle carrozze e della folla, s'intravvedono appena. È il primo soffio impetuoso e sonoro della vita di Parigi, e si riceve a occhi socchiusi. Non si comincia a veder nettamente che nel *boulevard* Beaumarchais.

Qui comincia ad apparire Parigi. La via larghissima, la doppia fila degli alberi, le case allegre; tutto è nitido e fresco, e da tutto spira un'aria giovanile. Si riconoscono al primo sguardo mille piccole raffinatezze di comodità e d'eleganza, che rivelano un popolo pieno di bisogni e di capricci, per il quale il superfluo è più indispensabile del necessario e che gode la vita con un'arte ingegnosa. È la *buvette* tutta risplendente di vetri e di metalli, è il piccolo caffè pieno di pretese signorili, è la piccola trattoria che ostenta i ghiottumi squisiti del gran *restaurant*, sono mille piccole botteghe, linde e ridenti, che fanno a soverchiarsi le une le altre a furia di colori, di mostre, d'iscrizioni, di fantocci, di piccole gale e di piccoli vezzi. Fra le due file degli alberi è un andirivieni di carrozze, di grandi carri, di carrozzoni tirati da macchine a vapore, e d'omnibus altissimi, carichi di gente, che sobbalzano sul selciato ineguale con un fracasso assordante. Ma è un movimento diverso da quello di Londra. Il luogo aperto e verde, i visi, le voci, i colori, danno a quel tramestìo l'aspetto più di un divertimento che di un lavoro. E poi la popolazione non è nuova. Son tutte figure conosciute, che fanno sorridere. È *Gervaise* che s'affaccia alla porta della bottega col ferro in mano, è *monsieur Joyeuse* che va all'ufficio fantasticando una gratificazione, è *Pipelet* che legge la Gazzetta, è *Frédéric* che passa sotto le finestre di *Bernerette* la sartina del Murger, è la merciaia del Kock, è il *gamin* di Vittor Hugo, o il Prudhomme del Monnier, è' l'*homme d'affaire* del Balzac, è l'operaio dello Zola. Eccoli tutti! Come ci accorgiamo che, anche lontani le mille miglia, si viveva nella immensa cinta di Parigi! Sono le otto e mezzo, e la grande giornata della grande città,—giornata per Parigi, mese per chi arriva,—è già cominciata, calda e clamorosa come una battaglia. Di là dal clamore della strada, si sente confusamente la voce profonda degli enormi quartieri nascosti, come il muggito d'un mare mascherato dalle dune. S'è appena usciti dal *boulevard* Beaumarchais, non s'è ancora arrivati in fondo al *boulevard* delle Figlie del Calvario, e già s'indovina, si sente, si respira, sto per dire, l'immensità di Parigi. E si pensa con stupore a quelle cittadine solitarie e silenziose, da cui s'è partiti; che si chiamano Torino o Milano o Firenze; dove si stava tutti a uscio e bottega, e si viveva quasi in famiglia. Ieri vogavamo in un laghetto; oggi navighiamo in un oceano.

Si è fatto un po' più d'un miglio, s'entra nel *boulevard du Temple*. Qui la strada larghissima s'allarga ancora, le case s'innalzano, le vie laterali s'allungano. La maestà di Parigi comincia ad apparire. E così, andando innanzi, tutto cresce di proporzioni e s'ingentilisce. Cominciano a sfilare i teatri: il Circo olimpico, il *Lyrique*, la *Gaîtè*, *les Folies*; i caffè eleganti, i grandi «magazzini», le trattorie signorili; e la folla va pigliando un aspetto più schiettamente parigino. Il movimento è notevolmente maggiore che nei tempi ordinarii. La nostra carrozza è costretta a fermarsi ogni momento per aspettare che la lunga fila che la precede si metta in moto. Gli omnibus di tutte le forme, che paion case ambulanti, s'incalzano. La gente s'incrocia correndo in tutte le direzioni come se giocasse a bomba da una parte all'altra della strada, e sui due marciapiedi passano due processioni non interrotte. S'entra nel *boulevard Saint Martin*. È un altro passo innanzi sulla via dell'eleganza e della grandezza. I chioschi variopinti si fanno più fitti, le botteghe più splendide, i caffè più pomposi. I terrazzini e le righinette delle case si coprono di cubitali caratteri dorati che danno a ogni facciata l'aspetto del frontispizio d'un libro gigantesco. I frontoni dei teatri, gli archi delle gallerie di passaggio, gli edifizi rivestiti di legno fino ai primi piani, le trattorie che s'aprono sulla strada in forma di tempietti e di teatri luccicanti di specchi, si succedono senza interstizii, gli uni congiunti agli altri, come una sola bottega sterminata. Mille ornamenti, mille gingilli, mille richiami, vistosi, capricciosi, ciarlataneschi, sporgono, dondolano, si rizzano da tutte le parti, luccicano a tutte le altezze, confusamente, dietro agli alberi, che stendono i loro rami frondosi sui chioschetti, sui sedili dei marciapiedi, sulle piccole stazioni degli omnibus, sulle fontane, sui tavolini esterni dei caffè, sulle tende ricamate delle botteghe, sulle gradinate marmoree dei teatri. Al *boulevard Saint Martin* succede il *boulevard St. Denis*. La grande strada s'abbassa, si rialza, si stringe, riceve dalle grandi arterie dei popolosi quartieri vicini ondate di cavalli e di gente, e si stende davanti a noi, a perdita d'occhi, brulicante di carrozze e nera di folla, divisa in tre parti da due enormi ghirlande di verzura che la riempiono d'ombra e di freschezza. Son tre quarti d'ora che si va a passo a passo, serpeggiando, rasentando file interminabili di carrozze che danno l'immagine di favolosi cortei nuziali che si estendano da un capo all'altro di Parigi. Si entra nel *boulevard Bonne nouvelle*, e cresce ancora il formicolìo, il ronzìo, lo strepito; la pompa dei grandi «magazzini» che schierano sulla strada le vetrate enormi; l'ostentazione della *réclame*, che sale dai primi piani ai secondi, ai terzi, ai cornicioni, ai tetti; le vetrine diventan sale, le merci preziose s'ammucchiano, i cartelloni multicolori si moltiplicano, i muri delle case spariscono sotto una decorazione smagliante, puerile e magnifica che seduce e stanca lo sguardo. Non è una strada per cui si passa; è una successione di piazze, una sola immensa piazza parata a festa, dove rigurgita una moltitudine che ha addosso l'argento vivo. Tutto è aperto, trasparente, messo in vista, come in un grande mercato signorile all'aria libera. Lo sguardo penetra fin nelle ultime sale delle botteghe straricche, fino ai *comptoirs* lontani dei lunghi caffè bianchi e dorati, e nelle stanze alte dei *restaurants* principeschi, e abbraccia a ogni leggerissimo cambiamento di direzione, mille bellezze, mille sorprese, mille minuzie pompose, una varietà infinita di tesori, di ghiottonerie, di giocattoli, di opere d'arte, di bagattelle rovinose, di tentazioni di ogni specie, da cui non si libera che per ricadervi dall'altra parte della strada, o per ricrearsi lungo le due file senza fine di chioschi, scaccheggiati di tutti i colori d'arlecchino, coperti d'iscrizioni e di figure grottesche, tappezzati di giornali d'ogni paese e di ogni forma, che danno al vasto *boulevard* l'apparenza bizzarra e simpatica d'una grande fiera letteraria carnovalesca. E intanto dal *boulevard Bonne nouvelle* si entra nel *boulevard Poissonnière*, e lo spettacolo si fa sempre più vario, più ampio e più ricco. E s'è già percorsa una lunghezza di quattromila metri; provando di più in più un vivo sentimento nuovo, che non è sola meraviglia, ma una scontentezza confusa, un rammarico pieno di desiderii, l'amarezza del giovinetto che si sente umiliato al suo primo entrare nel mondo, una specie di delusione d'amor proprio, che si esprime in occhiate pietose e stizzose sulla miseria del proprio bagaglio, messo là alla berlina, sulla cassetta della carrozza, in mezzo a quel lusso insolente.

E finalmente s'entra nel *boulevard Montmartre*, a cui fa seguito quello degl'Italiani, quello delle *Capucines*, e quello della *Madeleine*.

Ah! ecco il cuore ardente di Parigi, la via massima dei trionfi mondani, il grande teatro delle ambizioni e delle dissolutezze famose, dove affluisce l'oro, il vizio e la follia dai quattro angoli della terra!

Qui è la pompa suprema, è la metropoli della metropoli, la reggia aperta e perpetua di Parigi, a cui tutto aspira e tutto tende. Qui la strada diventa piazza, il marciapiede diventa strada, la bottega diventa museo; il caffè, teatro; l'eleganza, fasto; lo splendore, sfolgorìo; la vita, febbre. I cavalli passano a stormi e la folla a torrenti. Vetri, insegne, avvisi, porte, facciate, tutto s'innalza, s'allarga, s'inargenta, s'indora, s'illumina. È una gara di sfarzo e di appariscenza che tocca la follia. V'è la pulizia olandese, la gaiezza d'un giardino, e tutta la varietà di colori d'un bazar orientale. Pare una sola smisurata sala d'un museo enorme, dove gli ori, le gemme, le trine, i fiori, i cristalli, i bronzi, i quadri, tutti i capolavori delle industrie, tutte le seduzioni delle arti, tutte le gale della ricchezza, tutti i capricci della moda si affollano o si ostentano con una profusione che sgomenta e una grazia d'esposizione che innamora. Le lastre gigantesche di cristallo o gli specchi innumerevoli, le rivestiture di legno nitidissimo che salgono fino a mezzo degli edifizi, riflettono ogni cosa. Le grandi iscrizioni d'oro corrono lungo tutti i rilievi delle facciate, come i versetti del Corano sulle pareti delle moschee. L'occhio non trova spazio dove riposare. Da ogni parte brillano i nomi illustri nel regno dei piaceri e della moda; i titoli dei *restaurants*, celebrati da Nuova York a Pietroburgo; gli alberghi dei principi e dei Cresi; le botteghe di cui si apre la porta colla mano tremante. Per tutto un lusso aristocratico, provocante e sfacciato, che dice:—Spendi, spandi e godi—e nello stesso tempo suscita e umilia i desiderii. Non vi è nessuna bellezza monumentale. È una specie di magnificenza teatrale e femminea, una maestà d'apparato, eccessiva, e piena di civetteria e di superbia, che sbalordisce ed abbaglia come un immenso tremolìo di punti luminosi; ed esprime appunto la natura della grande città opulenta e lasciva, che lavora per furore di godimento e di gloria. Ci si prova una certa soggezione. Non par di passare in un luogo pubblico, tanta è la nitidezza e la pompa. La folla stessa vi passa con una certa grazia contegnosa come per una grandissima sala, scivolando sull'asfalto, senza rumore, come sopra un tappeto. I bottegai stanno dietro alle colossali vetrine con una dignità di gran signori, come se non aspettassero che avventori milionari. Persino le venditrici di giornali dei chioschi sono atteggiate a una certa altezza letteraria. Par che tutti siano compresi della sovranità del luogo, e che tutti si studino di aggiungere colla propria persona una pennellata ben intonata al gran quadro dei *boulevards*. Gran quadro davvero! E si possono accumulare col pensiero, fin che si vuole, tutte le immagini sparse che se ne ritrovano nelle nostre città più floride; ma non si riuscirà mai, chi non l'abbia visto, nè a rappresentarsi lo spettacolo di quella fiumana vivente che scorre senza posa tra quelle due interminabili pareti di cristallo, in mezzo a quel verde e a quell'oro, accanto a quel turbinio fragoroso di cavalli e di ruote, in quella strada ampissima di cui non si vede la fine; nè a formarsi una giusta idea della figura che facevano là in mezzo le nostre miserabili valigie di letterati.

Appena s'ebbe ripreso fiato all'albergo si tornò sui *boulevards*, davanti al *Cafè Riche*, attirati come farfalle al lume, senz'accorgercene. Strano! Mi pareva d'essere a Parigi da una settimana. La folla però ha un aspetto alquanto diverso dai tempi ordinarii. Abbondano le faccie esotiche, i vestiti da viaggio, le famiglie di provincia, affaticate e stupite; i visi bruni del mezzogiorno e le barbe e le capigliature biondissime del settentrione. Sul ponte di Costantinopoli si vede sfilare tutto l'Oriente; qua tutto l'Occidente. Le solite gonnelle sono come smarrite in quel pelago. Di tratto in tratto si vede una faccia giapponese, un negro, un turbante, un cencio orientale; ma è subito travolto dal fiotto nero della folla in cilindro. Ho notato molti soggetti di quella innumerevole famiglia dei grandi uomini falliti, che tutti riconoscono a primo aspetto: figure strane, col viso smunto e gli occhiali, coi capelli cadenti sulle spalle, vestiti di nero, bisunti, con uno scartafaccio sotto il braccio: sognatori di tutti i paesi venuti a Parigi in questa grande occasione a tentare il terno della gloria e della ricchezza con una invenzione meccanica o un capolavoro letterario. Questo è il grande torrente dove annegano tutte le glorie di mezza taglia. «Celebrità» di provincia e «illustrazioni» nazionali, gran personaggi gallonati e blasonati, e principi e ricconi, dieci per una crazia! Non si vedono nè faccie superbe, nè sorrisi di vanità soddisfatta. Son tutte goccie indistinte dell'onda inesauribile, a cui non sovrastano che i giganti. E si capisce da che molle formidabili, debba prendere impulso l'ambizione della gloria per sollevarsi su questo pandemonio, e con che rabbiosa ostinazione si rodano i cervelli per trovare la parola ed il grido che faccia voltare le centomila teste di questa folla meravigliosa! E si prova un piacere a esser là su quel lastrico sparso d'ambizioni stritolate e di glorie morte, su cui altre ambizioni si rizzano e altre forze si provano, senza posa; si gode di trovarsi là, come in mezzo a una gigantesca officina vibrante e sonora; di sentirsi aggregato anche per poco, molecola viva, al grande corpo intorno a cui tutto gravita; di respirare una boccata d'aria su quella torre di Babele, assistendo da un gradino della scala sterminata al lavoro immenso, confortati dal dolce pensiero.... che si scapperà fra quindici giorni.

Poi facciamo una corsa di due ore, in carrozza, descrivendo un immenso zig-zag sulla destra della Senna, per veder circolare la vita nelle arterie minori di Parigi. Rivedo con vivo piacere quel verdeggiante e splendido *boulevard* di Sebastopoli e di Strasburgo, che par fatto per il passaggio trionfale d'un esercito, e quella infinita via Lafayette, in cui le due striscie nere della folla si perdono allo sguardo in una lontananza vaporosa dove pare che cominci un'altra metropoli. Ripasso per quelle smisurate spaccature di Parigi, che si chiamano il *boulevard* Haussman, il *boulevard* Malesherbes, il *boulevard* Magenta, il *boulevard* Principe Eugenio, in cui si sprofonda lo sguardo con un fremito, come in un abisso, afferrando per un braccio il compagno. Andiamo al *Rondpoint de l'Etoile* a veder fuggire in tutte le direzioni, come una corona di raggi, le grandi vie che dividono in una rosa di quattordici allegri quartieri triangolari la decima parte di Parigi. Ritorniamo nel cuore della città: percorriamo la rete inestricabile delle piccole vie, piene di rumori, smaglianti di vetrine e affollate di memorie; tutte obliquità e svolti maliziosi, che preparano le grandi vedute inaspettate dei quadrivi pieni di luce e delle vie monumentali, chiuse in fondo da una mole magnifica, che sovrasta alla città come una montagna di granito cesellato. Per tutto è una fuga di carrozze cariche di bagagli, e visi sonnolenti e polverosi di nuovi arrivati, che s'affacciano agli sportelli a interrogare quel caos; e vicino alle stazioni, file di viaggiatori a piedi, che s'inseguono colla valigia in mano, come se uno l'avesse rubata all'altro. Non c'è un momento di riposo, nè per l'orecchio, nè per l'occhio, nè per il pensiero. Sperate di bere la vostra birra in pace davanti a un caffè quasi vuoto. Illusione. La *réclame* vi perseguita. Il primo che passa vi mette in mano una lirica che comincia con un'invettiva contro l'Internazionale e finisce coll'invitarvi a comprare un soprabito da Monsieur Armangan, *coupeur émérite*; e un momento dopo vi trovate tra le mani un sonetto che vi promette un biglietto per l'Esposizione se andate a ordinare un paio di stivali in via Rougemont. Per liberarvene alzate gli occhi. Oh Dio! Passa una carrozza dorata di *réclame* coi servitori in livrea, che vi propone dei cilindri al ribasso. Guardate in fondo alla strada. Che! A mezzo miglio di distanza, c'è una *réclame* a caratteri titanici del *Petit journal*,—«seicento mila esemplari al giorno, tre milioni di lettori»—che vi fa l'effetto d'un urlo nell'orecchio. Alzate gli occhi al cielo, allora! Ma non c'è di libero nemmeno il cielo. Al di sopra del più alto tetto del quartiere, si disegna nell'azzurro, in sottili e altissimi caratteri di ferro, il nome d'un artista delle nuvole che vuol farvi la fotografia. Non c'è dunque altro che tener gli occhi inchiodati sul tavolino! No, nemmeno! Il tavolino è diviso in tanti quadretti colorati e stampati, che vi offrono delle tinture e delle pomate. Torcete il volto stizziti.... Ah disgraziati! La spalliera della seggiola vi raccomanda un guantaio. Non resta altro rifugio che guardarsi i piedi, dunque! No, non resta neppure questo rifugio. Sotto i vostri piedi, sull'asfalto, c'è un avviso a stampatello che vuol farvi mangiare alla casalinga in via della Chaussée d'Antin. Camminando un'ora, si legge, senza volerlo, un mezzo volume. È una inesauribile decorazione grafica variopinta ed enorme aiutata da immagini grottesche di diavoli e di fantocci alti come case, che v'assedia, vi opprime, vi fa maledire l'alfabeto. Quel *Petit journal*, per esempio, che copre mezza Parigi! Ma bisogna o ammazzarsi o comprarlo. Tutto ciò che vi si mette in mano, dal biglietto del battello al contrassegno della seggiola su cui riposate le ossa nel giardino pubblico, tutto nasconde l'insidia della *réclame*. Persino le pareti dei tempietti, dove non s'entra che per forza, parlano, offrono, raccomandano. Ci sono in tutti gli angoli mille bocche che vi chiamano e mille mani che v'accennano. È una rete che avvolge tutta Parigi. E tutto è economico. Potete spendere fino all'ultimo centesimo credendo sempre di fare economia. Ma quanta varietà di oggetti e di spettacoli! Nello spazio di quindici passi vedete una corona di diamanti, un mazzo spropositato di camelie, un mucchio di tartarughe vive, un quadro a olio, una coppia di signorine automatiche che nuotano in una vaschetta di latta, un vestimento completo da contentare l'uomo «più scrupolosamente elegante» per otto lire e cinquanta centesimi, un numero del *Journal des abrutis* con un articolo a doppio taglio sull'esposizione delle vacche, un gabinetto per gli esperimenti del fonografo, e un bottegaio che dà il volo a un nuvolo di farfalle di penna per adescare i bimbi che passano. A ogni tratto vedete schierate tutte le faccie illustri della Francia. Non c'è città che in questo genere d'esposizione eguagli Parigi. L'Hugo, l'Augier, mademoiselle Judic, il Littré, il Coquelin, il Dufaure, il Daudet, sono in tutt'i buchi. Incontrate dei visi d'amici da tutte le parti. E nessuna impressione, neanche dei luoghi, è veramente nuova. Parigi non si vede mai per la prima volta; si rivede. Non ricorda nessuna città italiana; eppure non par straniera, tanto vi si ritrovano fitte le reminiscenze della nostra vita intellettuale. Un amico vi dice:—Ecco la casa del Sardou, ecco il palazzo del Gambetta, ecco le finestre del Dumas, ecco l'ufficio del *Figaro*—e a voi vien naturale di rispondere: Eh! lo sapevo.—Così riconoscendo mille cose e mille aspetti, continuiamo a girare, rapidamente, in mezzo a incrociamenti di legni da cui non vedo come usciremo, a traverso a folle serrate che ci arrestano all'improvviso, nelle ombre deliziose del Parco Monceaux, intorno alle grandi arcate leggiere delle *Halles*, davanti agli immensi «magazzini di novità» assiepati di carrozze, intravvedendo, di lontano, ora un fianco del teatro dell'Opera, ora il colonnato della Borsa, ora la tettoia enorme d'una Stazione, ora un palazzo incendiato dalla Comune, ora la cupola dorata degli Invalidi, e dicendoci l'un l'altro mille cose, e le stesse cose, e con la più viva espansione, senza pronunziare una parola e senza ricambiarci uno sguardo.

Avevo inteso dire che uno straniero a Parigi non si accorge quasi che ci sia l'Esposizione. Baie. Tutto conduce il pensiero all'Esposizione. Le torri del Trocadero si vedono effigiate da tutte le parti, come se mille migliaia di specchi le riflettessero, e l'immagine del Campo di Marte vi si presenta per mille vie e sotto mille forme. Tutta la popolazione sembra ed è infatti d'accordo per fare ben riescire la festa. V'è un raffinamento universale di cortesia. Tutti fanno la loro parte. Fin l'ultimo bottegaio sente la dignità dell'ospite; si legge in viso a ogni parigino la soddisfazione d'essere «azionista» del teatro in cui si offre al mondo il grande spettacolo, e la coscienza di essere un oggetto d'ammirazione. Il che serve moltissimo a rendersi davvero ammirabili. La grande città fa il bocchino, è premurosa, vuol contentar tutti. E infatti a tutti i bisogni, a tutti i desiderii, a tutti i capricci, ha provvisto, in mille modi, a ogni prezzo e a ogni passo. Per questa «festa del lavoro» c'è la febbre. Il lavoro, la pace, la grande fratellanza, la grande ospitalità fraterna, risuonano da ogni parte. E forse, anzi certo, vi si nasconde sotto un altro sentimento. È l'amor proprio ferito in un'altra gloria, che s'afferra tutto alla gloria presente, per compensarsi della passata; ed esalta con tutte le sue forze il primato che le rimane, per gettare l'oscurità su quello, in fondo al cuore forse più caro, che ha perduto. È nondimeno prodigioso il vedere questa città, che parve un giorno caduta in fondo, sotto il peso di tutte le maledizioni di Dio, dopo sette anni, così splendida, così superba, così piena di sangue, d'oro e di gloria! E si prova un sentimento inaspettato arrivandoci. S'era partiti per l'Esposizione; era lo scopo, la prima cosa. Appena arrivati, diventa l'ultima. Parigi che l'ha fatta, l'ammazza. Si pensa, sì, che c'è laggiù, in fondo alla grande città, uno smisurato palazzo posticcio che contiene molte bellissime cose; ma ci si pensa quasi con dispetto, come a un importuno che voglia contendervi e turbarvi il godimento di Parigi. Il primo giorno, l'immagine delle Torri del Trocadero m'era odiosa. Così al Campo di Marte, estatici davanti a una bellissima ragazza inglese che lavora, degnate appena d'uno sguardo la macchinetta ingegnosa che luccica sotto le sue mani.

Arriviamo finalmente sulla Senna. Che largo e sano respiro! E come è sempre bella questa grande strada azzurra che fugge, riflettendo i colori allegri delle sue mille case galleggianti, fra le due alte rive coronate di colossi di pietra! Davanti e dietro di noi i ponti lunghissimi confondono i loro archi d'ogni forma, e le strisce nere della folla che brulica dietro ai loro parapetti; sotto, i battelli stipati di teste s'inseguono; frotte di gente scendono continuamente dalle gradinate delle rive e fanno ressa agli scali; e la voce confusa della moltitudine si mesce ai canti delle mille donne affollate nei lavatoi, al suono dei corni e delle campanelle, allo strepito delle carrozze dei *quais*, al lamento del fiume e al mormorio degli alberi delle due rive, agitati da un'arietta vivace che fa sentire la freschezza della campagna e del mare. Anche la Senna lavora per «la gran festa della pace» e par che spieghi più benevolmente dell'usato, in mezzo alle due Parigi che la guardano, la sua maestà regale e materna.

Qui il mio compagno non potè resistere alla tentazione di *Nôtre Dame*, e salimmo sulla cima d'una delle due torri per vedere «il mostro.» Ottima cosa che mette i pensieri in calma. Bisogna almeno dominarle, queste mostruose città, in quel solo modo che ci è possibile: collo sguardo. Salimmo sulla punta del tetto della torre di sinistra, dove Quasimodo delirava a cavallo alla campana, e ci afferrammo all'asta di ferro. Che immensità gloriosa! Parigi empie l'orizzonte e par che voglia coprire tutta la terra colle smisurate onde immobili e grigie dei suoi tetti e delle sue mura. Il cielo era inquieto. Le nuvole gettavano qua e là ombre fosche che coprivano spazi grandi come Roma; e in altre parti apparivano montagne, grandi vallate e vastissimi altipiani di case dorate dal sole. La Senna luccicava come una sciarpa d'argento da un capo all'altro di Parigi, rigata di nero dai suoi trenta ponti, che parevan fili tesi tra le due rive, e punteggiata appena dai suoi cento battelli, che parevano foglioline natanti. Sotto, la mole delicata e triste della cattedrale, le due isole, piazze nereggianti di formiche, lo scheletro del futuro *Hôtel de ville*, simile a una grande gabbia d'uccelli, e la *réclame* smisurata e insolente d'un mercante d'abiti fatti che sfondava gli occhi a mille e duecento metri di distanza. Qua e là, le grandi macchie dei cimiteri, dei giardini e dei parchi; isole verdi in quell'oceano. Lontano, all'orizzonte, a traverso a brume violacee leggerissime, contorni incerti di vasti sobborghi fumanti, dietro i quali non si vede più, ma s'indovina ancora Parigi; da un'altra parte, altri sobborghi enormi, affollati sulle alture, come eserciti pronti a discendere, pieni di tristezze e di minaccie; a valle della Senna, in una chiarezza un po' velata, come in un vasto polverio luminoso, a tre miglia da noi, le architetture colossali e trasparenti del Campo di Marte. Che belli slanci vertiginosi dello sguardo da Belleville a Ivry, dal bosco di Boulogne a Pantin, da Courbevoie al bosco di Vincennes, saltando di cupola in cupola, di torre in torre, di colosso in colosso, di memoria in memoria, di secolo in secolo, accompagnati, come da una musica, dall'immenso respiro di Parigi! Povero e caro nido della mia famigliuola, dove sei? Poi il mio amico mi disse:—Ridiscendiamo nell'inferno—e tornammo a tuffarci nell'oscurità dell'interminabile scala a chiocciola, dove un rintocco inaspettato della grande campana di Luigi XIV ci fece tremare le vene e i polsi come un colpo di cannone.

E ritornammo sui *boulevards*. Era l'ora del desinare. In quell'ora il movimento è tale da non poterne dare un'idea. Le carrozze passano a sei di fronte, a cinquanta di fila, a grandi gruppi, a masse fitte e serrate che si sparpagliano qua e là verso le vie laterali, e par che escano le une dalle altre, come razzi, levando un rumore cupo e monotono, come d'un solo enorme treno di strada ferrata che passi senza fine. Allora tutta la vita gaia di Parigi si riversa là da tutte le strade vicine, dalle gallerie, dalle piazze; arrivano e si scaricano i cento omnibus del Trocadero; le carrozze e la folla a piedi che viene dagli scali della Senna; flutti di gente che attraversa la strada di corsa arrischiando le ossa, s'accalca sui marciapiedi, assalta i chioschi da cui si spandono miriadi di giornali, si disputa le sedie davanti ai caffè e rigurgita all'imboccatura delle strade. Si accendono i primi lumi. Il grande banchetto comincia. Da tutte le parti tintinnano e scintillano i cristalli e le posate sulle tovaglie bianchissime, distese in vista di tutti. Zaffate d'odori ghiotti escono dai grandi *restaurants*, di cui si vanno illuminando le finestre dei piani superiori, lasciando vedere scorci di sale luccicanti e ombre di donne che guizzano dietro le tende di trina. Un'aria calda e molle, come di teatro, si spande, pregna d'odor di sigari d'Avana, dell'odore acuto dell'assenzio che verdeggia in diecimila bicchieri, delle fragranze che escono dalle botteghe di fiori, di muschio, di vesti profumate, di capigliature femminili;—un odore proprio dei *boulevards* di Parigi, misto di grand'albergo e d'alcova,—che dà alla testa. Le carrozze si fermano; le *cocottes* dai lunghi strascichi discendono, fra due ali di curiosi, e spariscono come freccie nelle porte delle trattorie. Fra la folla dei caffè suonano le risa argentine e forzate di quelle che siedono a crocchio. Le «coppie» fendono audacemente la calca. La gente comincia a serrarsi, in doppia fila, alle porte dei teatri. La circolazione è interrotta ogni momento. Bisogna camminare a zig-zag, a passetti, respingendo dolcemente gomiti e toraci, fra una selva di cilindri e di gibus, fra i soprabiti neri, le giubbe, i gran panciotti spettorati e le camicie ricamate, badando sempre ai piedini e alle code, in mezzo a un mormorìo sordo, diffuso, affrettato, sul quale echeggiano i colpi sonori delle bottiglie stappate, dentro un polverìo finissimo che vien su da quel terribile asfalto che brucia i talloni alle ragazze. Non è più un andirivieni di gente; è un ribollimento, un rimescolìo febbrile, come se sotto la strada divampasse una fornace immensa. È un ozio che pare un lavoro, una festa faticosa, come una smania e un timore di tutti di non arrivare in tempo a prender posto al gran convito. Il vastissimo spazio non basta più alla moltitudine nera, elegante, nervosa, sensuale, profumata, piena d'oro e d'appetiti, che cerca con tutti i sensi tutti i piaceri. E di minuto in minuto lo spettacolo si ravviva. Il via vai delle carrozze somiglia alla fuga disordinata delle salmerie d'un esercito in rotta; i caffè risuonano come officine; all'ombra degli alberi si stringono i dolci colloqui; tutto s'agita e freme in quella mezza oscurità, non ancor vinta dall'illuminazione notturna; e un non so che di voluttuoso spira nell'aria, mentre la notte di Parigi, carica di follie e di peccati, prepara le sue insidie famose. Quello è davvero il momento in cui la grande città s'impadronisce di voi e vi soggioga, se anche foste l'uomo più austero della terra. È il *lenocinio gallico* del Gioberti. È una mano invisibile che v'accarezza, una voce dolce che vi parla nell'orecchio, una scintilla che vi corre nelle vene, una voglia impetuosa di tuffarvi in quel vortice, e d'annegarvi…; passata la quale si va a desinare benissimo a due lire e settantacinque.

E anche il desinare è uno spettacolo per chi si ritrova impensatamente, come accadde a noi, in una trattoria vasta e rischiarata come un teatro, formata d'una sala unica, cinta d'una larghissima galleria, dove si sfamano insieme cinquecento persone, rumoreggiando come una grande assemblea di buon umore. E dopo vien l'ultima scena della meravigliosa rappresentazione cominciata alle otto della mattina in piazza della Bastiglia: la notte di Parigi.

Ritorniamo nel cuore della città. Qui par che faccia giorno daccapo. Non è un'illuminazione; è un incendio. I *boulevards* ardono. Tutto il pian terreno degli edifizi sembra in fuoco. Socchiudendo gli occhi, par di vedere a destra e a sinistra due file di fornaci fiammanti. Le botteghe gettano dei fasci di luce vivissima fino a metà della strada e avvolgono la folla come in una polvere d'oro. Da tutte le parti piovono raggi e chiarori diffusi che fanno brillare i caratteri dorati e i rivestimenti lucidi delle facciate, come se tutto fosse fosforescente. I chioschi, che si allungano in due file senza fine, rischiarati di dentro, coi loro vetri di mille colori, simili a enormi lanterne chinesi piantate in terra, o a teatrini trasparenti di marionette, danno alla strada l'aspetto fantastico e puerile d'una festa orientale I riflessi infiniti dei cristalli, i mille punti luminosi che traspaiono fra i rami degli alberi, le iscrizioni di fuoco che splendono sui frontoni dei teatri, il movimento rapidissimo delle innumerevoli fiammelle delle carrozze, che sembrano miriadi di lucciole mulinate dal vento, le lanterne porporine degli omnibus, le grandi sale ardenti aperte sulla strada, le botteghe che somigliano a cave d'oro e d'argento incandescente, le centomila finestre illuminate, gli alberi che paiono accesi; tutti questi splendori teatrali, frastagliati dalla verzura, che lascia vedere ora sì ora no le illuminazioni lontane, e presenta lo spettacolo ad apparizioni successive; tutta questa luce rotta, rispecchiata, variopinta, mobilissima, piovuta e saettata, raccolta a torrenti e sparpagliata a stelle e a diamanti, produce la prima volta un'impressione di cui non si può dare l'idea. Par di vedere un solo immenso fuoco d'artifizio, che debba spegnersi improvvisamente, e lasciar tutta la città sepolta nel fumo. Sui marciapiedi non c'è una riga d'ombra; ci si ritroverebbe una spilla. Tutti i visi sono rischiarati. Si vede la propria immagine riflessa da tutte le parti. Si vede tutto, in fondo ai caffè, sino agli ultimi specchi delle sale riposte, incisi dai diamanti delle belle peccatrici. Nella folla abbonda il bel sesso che di giorno pareva sopraffatto e disperso. Gli sguardi languidi e interrogativi s'incrociano e gareggiano. Davanti a ogni caffè c'è la platea d'un teatro, di cui il *boulevard* è il palcoscenico. Tutti i visi sono rivolti verso la strada. Ed è curioso: fuor che le carrozze, non si sente nessun forte rumore. Si guarda molto e si parla poco, o a bassa voce, come per rispetto al luogo, o perchè la gran luce impone un certo riserbo. V'è una specie di silenzio signorile. Andate innanzi, innanzi, sempre in mezzo a un incendio, tra una folla immobile e una folla seduta, e vi sembra di passare di salone in salone, in un immenso palazzo scoperto, o per un seguito di vastissimi *patios* spagnuoli, fra le pompe d'una veglia, in mezzo a un milione di invitati, senza sapere quando arriverete all'uscita, se pur c'è un'uscita.

E intanto, passo passo, arrivate sulla piazza dell'Opéra.

E qui Parigi notturna vi fa uno dei suoi più bei colpi di scena. Avete dinanzi la facciata del Teatro, enorme e spudorata, risplendente di lampade colossali negli intercolonni elegantissimi; dinanzi alla quale sboccano le vie Auber e Halévy; a destra la gran fornace del *boulevard* degli Italiani; a sinistra il *boulevard* infocato delle Cappuccine che si prolunga fra i due muri ardenti del *boulevard* della Maddalena; e voltandovi, vedete tre grandi vie divergenti che v'abbagliano come tre abissi luminosi: la via della Pace, tutta smagliante d'ori e di gioielli, in fondo alla quale si drizza sul cielo stellato la mole nera della colonna Vendôme; l'*Avenue dell'Opéra* inondata di luce elettrica; la via Quattro settembre lucente di mille fiammelle; e sette file continue di carrozze che vengono dai due *boulevards* e dalle cinque strade, incrociandosi furiosamente sulla piazza, e una folla che accorre e una folla che fugge, sotto una pioggia di luce rossa e di luce bianchissima, diffusa da grandi globi di cristallo spulito, che fan l'effetto di ghirlande e di corone di lune piene, e colorano gli alberi, gli alti edifizi, la moltitudine, dei riflessi bizzarri e misteriosi della scena finale d'un ballo fantastico. Qui proprio si prova per qualche momento una sensazione che somiglia a quella dell'*hasciss*. Quella rosa di strade sfolgoranti, che conducono al *Théâtre français*, alle *Tuileries*, alla Concordia, ai Campi Elisi, che vi portano ciascuna una voce della gran festa di Parigi, che vi chiamano e che v'attirano da sette parti come le entrate maestose di sette palazzi fatati, vi accendono nel cervello o nelle ossa il furore dei piaceri. Vorreste veder tutto ed esser da per tutto ad un tempo; a sentire dalla bocca del grande Got l'*efface* sublime dei *Fourchambault* a folleggiare a Mabille, a nuotare nella Senna, a cenare alla *Maison dorée*; vorreste volare di palco scenico in palco scenico, di ballo in ballo, di giardino in giardino, di splendore in splendore, e profondere l'oro, lo *champagne* e i *bons mots*, e vivere dieci anni in una notte.

Eppure non è questo il più bello spettacolo della notte. Si va innanzi fino alla Maddalena, si svolta in *Rue royale*, si sbocca in piazza della Concordia, e là si lascia sfuggire la più alta e più allegra esclamazione di meraviglia che strappi Parigi dalle labbra d'uno straniero. Non c'è sicuramente un'altra piazza di città europea dove la grazia, la luce, l'arte, la natura, s'aiutino così mirabilmente fra loro per formare uno spettacolo che rapisca l'immaginazione. A primo aspetto non si raccapezza nulla, nè i confini della piazza, nè le distanze, nè dove si sia, nè che cosa si veda. È uno sterminato teatro aperto, in mezzo a uno sterminato giardino ardente, che fa pensare all'accampamento illuminato di un esercito di trecento mila uomini. Ma quando si è arrivati nel centro della piazza, ai piedi dell'obelisco di Sesostri, fra le due fontane monumentali, e si vede a destra, in mezzo ai due grandi edifizii a colonne del Gabriel, la splendida Via reale, chiusa in fondo dalla facciata superba della Maddalena; a sinistra il ponte della Concordia che sbocca in faccia al palazzo del Corpo legislativo, imbiancato da un torrente di luce elettrica; dall'altra parte la vasta macchia bruna dei giardini imperiali, inghirlandati di lumi, in fondo a cui nereggiano le rovine delle Tuilerie; e dalla parte opposta il viale maestoso dei Campi Elisi, chiuso dall'arco altissimo della Stella, picchiettato di foco dalle lanterne di diecimila carrozze e fiancheggiato da due boschi sparsi di caffè e di teatri sfolgoranti; quando s'abbraccia con un sguardo le rive illuminate della Senna, i giardini, i monumenti, la folla immensa e sparsa che viene dal ponte, dai *boulevards*, dai boschetti, dai *quais*, dai teatri, e brulica confusamente da tutti i lati della piazza, in quella luce strana, fra i zampilli e le cascate d'acqua argentata, in mezzo alle statue, ai candelabri giganteschi, alle colonne rostrali, alla verzura, nell'aria limpida e odorosa di una bella notte d'estate; allora si sente tutta la bellezza di quel luogo unico al mondo, e non si può a meno di gridare:—Ah Parigi! Maledetta e cara Parigi! Sirena sfrontata! È dunque proprio una verità che bisogna fuggirti come una furia o adorarti come una dea?

Di là ci spingemmo ancora nei giardini dei Campi Elisi, a girare fra i teatri a cielo aperto, i chioschi, gli alcazar, i circhi, i concerti, le giostre, per interminabili viali affollati, da cui si sentivano i suoni fragorosi delle orchestre, gli applausi e le risate delle vaste platee trincanti, e le voci in falsetto delle cantatrici di canzonette, delle quali si vedevano a traverso i cespugli le nudità opulente e gli abiti zingareschi, in mezzo allo splendore dei palchi scenici inquadrati fra le piante. E volevamo andare sino in fondo. Ma più s'andava innanzi, più quel baccanale notturno s'allargava e s'allungava; dietro a ogni gruppo d'alberi saltava fuori un nuovo teatro e una nuova luminaria, ad ogni svolto di viale ci trovavamo in faccia a una nuova baldoria; e d'altra parte il mio buon Giacosa mi domandava grazia da un pezzo, con voce lamentevole, dicendomi che gli occhi gli si chiudevano e che la testa non gli si reggeva più sulle spalle. Allora si ritornò in piazza della Concordia, si restò un momento in contemplazione davanti a quella meraviglia di via di Rivoli, rischiarata per la lunghezza di due miglia come una sala da ballo, e si rientrò a mezzanotte sonata nei *boulevards*, ancora risplendenti, affollati, rumorosi, allegri come sul far della sera, come se la giornata ardente di Parigi cominciasse allora, come se la grande città avesse *ucciso il sonno* per sempre e fosse condannata da Dio al supplizio d'una festa eterna. E di là trasportammo le nostre salme all'albergo.

Ecco come passò il nostro primo giorno a Parigi.

UNO SGUARDO ALL'ESPOSIZIONE

La prima volta che entrai nel recinto dell'Esposizione dalla parte del Trocadero, mi fermai qualche minuto in mezzo al ponte di Jena per cercare una similitudine, che rendesse ai miei lettori futuri un'immagine fedele di quello spettacolo. E mi venne in mente di paragonare il senso che si prova entrando là dentro, a quello che si proverebbe capitando in una gran piazza dove da una parte sonassero le orchestre del Nouvel-Opéra e dell'Opéra-Comique, dall'altra le bande di dieci reggimenti, e nel mezzo tutti gli strumenti musicali della terra, dal nuovo pianoforte a doppia tastiera rovesciata fino al corno e al tamburino dei selvaggi, accompagnati dai trilli in falsetto di mille soprani da *cafè chantant*, dallo strepito d'una grandine di petardi e dal rimbombo lontano del cannone. Non è una similitudine da *Antologia*; ma dà un'idea della cosa.

Infatti, arrivando sul ponte di Jena, si sente il bisogno di chiuder gli occhi per qualche momento, come arrivando su quella piazza si sentirebbe il bisogno di tapparsi le orecchie.

Si resta nello stesso tempo meravigliati, stizziti, confusi e esilarati; che so io?—incerti fra l'applauso e la scrollata di spalle, fra l'ammirazione e la delusione; in una di quelle incertezze in cui, per solito, dopo aver lungamente meditato, si prende la risoluzione di accendere il sigaro.

Figuratevi, da una parte, sopra un'altura, quell'enorme spacconata architettonica del palazzo del Trocadero, con una cupola più alta di quella di San Pietro, fiancheggiata da due torri che arieggiano il campanile, il minareto ed il faro; con quella pancia odiosa e quelle due grandi ali graziosissime, colle sue cento colonnine greche, coi suoi padiglioni moreschi, coi suoi archi bizantini; colorito e decorato come una reggia indiana, da cui precipita un torrente d'acqua in mezzo a una corona di statue dorate:—un arco d'anfiteatro immenso che corona l'orizzonte e schiaccia intorno a sè tutte le altezze. Dalla parte opposta, a una grande distanza, rappresentatevi quell'altro smisurato edificio di vetro e di ferro, dipinto, stemmato, dorato, imbandierato, scintillante, coi suoi tre grandi padiglioni trasparenti, colle sue statue colossali, colle sue sessanta porte, maestoso come un tempio e leggiero come una sola immensa tenda d'un popolo vagabondo. Fra questi due enormi edifizi teatrali, raffiguratevi quel gran fiume e quel gran ponte; e a destra e a sinistra del fiume, un labirinto indescrivibile d'orti e di giardini, di roccie e di laghi, di salite, di discese, di grotte, d'acquarii, di fontane, di scali, di viali fiancheggiati da statue: una miniatura di mondo; una pianura e un'altura su cui ogni popolo della terra ha deposto il suo balocco; un presepio internazionale, popolato di botteghe e di caffè africani ed asiatici, di villini, di musei e d'officine, in mezzo alle quali una piccola città barbaresca alza i suoi minareti bianchi e le sue cupole verdi, e i tetti chinesi, i chioschi di Siam, le terrazze persiane, i bazar di Egitto e del Marocco, e innumerevoli edifizi di pietra, di marmo, di legno, di vetro, di ferro, di tutti i paesi, di tutte le forme e di tutti i colori, sorgono l'uno accanto all'altro e l'un sull'altro, formando come un modellino di città cosmopolita, fabbricata, per esperimento, dentro a un gran giardino botanico, per esser poi rifatta più grande. Rappresentatevi questo spettacolo e la popolazione stranissima di venditori e di guardiani che lo anima: tutti quei neri ambigui, quegli arabi impariginati, quell'orientalume ritinto, quell'Africa da comparsa, quell'Asia da camera ottica, tutta quella barbarie ripulita, inverniciata e messa in vetrina col nastrino rosso al collo; e quell'inesauribile folla nera di curiosi che girano lentamente, coll'andatura stracca e gli occhi languidi, guardando da tutte le parti senza saper dove battere il capo.... Ebbene? Che cosa dirne? Non ci manca che il teatrino di Guignol. È un grande Broeck assai più bello, senza dubbio, e più svariato di quello d'Olanda; una bella enciclopedia figurata per i ragazzi studiosi: proprio da far domandare se è da vendere prima che il 1879 butti in aria ogni cosa con un gran colpo di scopa; uno spettacolo unico al mondo, veramente; immenso, splendido e bruttino, che innamora.

Il primo senso schietto di meraviglia si prova entrando nel vestibolo del palazzo del Campo di Marte. Par d'entrare in una enorme navata di cattedrale scintillante d'oro e innondata di luce. È più lungo d'un terzo della navata maggiore di San Pietro, e l'Arco della Stella potrebbe ripararsi sotto le volte dei suoi padiglioni senza urtarvi la fronte. Qui si comincia a sentire il ronzio profondo della folla di dentro, che somiglia a quello d'una città in festa. La gente si aggruppa intorno alla statua equestre di Carlo Magno, davanti al tempietto classico delle porcellane di Sévres, ai piedi dell'altissimo trofeo del Canadà, che s'innalza all'estremità del vestibolo come un'antica torre d'assedio, e una doppia processione sale e scende per le scale di quel bizzarro palazzo indiano, sostenuto da cento colonnine e coronato da dieci cupole, nel quale bisogna entrare assolutamente per accertarsi che non c'è una nidiata di principessine dell'Indostan da rapire. Un gruppo di curiosi affascinati circonda la vetrina dei diamanti reali d'Inghilterra, fra i quali scintilla sopra un diadema il Kandevassy famoso, del valore di tre milioni di lire, abbagliante e perfido come la pupilla fissa d'una fata, che nello stesso punto vi arda il cuore e vi danni l'anima. Ma tutto è oscurato dai tesori favolosi delle Indie, da quel monte di armature, di coppe, di vassoi, di selle, di tappeti, di narghilè, sfolgoranti d'oro, d'argento e di gemme, che fan pensare alle ricchezze d'una di quelle regine insensate delle leggende arabe, dai capricci immensi e inesorabili, che stancano le bacchette onnipotenti dei genii. E veramente quando si pensa che son tutti doni spontanei di principi o di popoli, ci si crede, senz'alcun dubbio; ma si guarda intorno involontariamente, con una vaga idea di trovar là, a' piedi della statua equestre del principe di Galles, tutti i donatori scamiciati e legati. E si pensa pure, qualche volta, se in tutto quel tratto di vestibolo pieno di tesori, compreso fra il palazzo indiano e la statua del principe, accatastandoli bene dal pavimento alla volta, pigiandoli, non lasciandoci nemmeno un piccolissimo vano, ci starebbe la metà degli scheletri dei morti di fame nelle Indie al tempo dell'ultima carestia.

Dato uno sguardo al vestibolo, m'affacciai subito con viva curiosità alla porta interna che dà sulla via delle nazioni.

Sì, è un po' una cosa da teatrino, ma bella; un grazioso scherzo combinato da venti popoli, ingegnosamente; mezzo mondo veduto di scorcio; la via d'una grande città di là da venire, in un tempo di fratellanza universale, quando saranno sparite le patrie. A primo aspetto non sembra che una splendida bizzarria, e si pensa che il mondo ha avuto un quarto d'ora di buon umore. Tutta quella linea così mattamente spezzettata di tetti acutissimi, di torricciuole gotiche, di chioschetti e di campanili, di guglie e di piramidi, quella fuga di facciate di colori vivissimi, lucenti di mosaici e di dorature, ornate di stemmi, decorate di statue, coronate di bandierine che s'aprono in colonnati ed in portici e sporgono in terrazze a balaustri, in balconi vetrati, in loggie aeree, in scale esterne e in gradinate, fra aiuole di fiori e zampilli di fontane; quella fila di villini, di reggie, di chiostri, di palazzine, dei quali non si riconosce subito nè la nazionalità nè lo stile, non destano da principio che un senso di confusione piacevole, come il frastuono allegro d'una festa. Ma dopo la prima corsa, quando si son riconosciuti gli edifizi, lo spettacolo muta significato. Allora da ognuna di quelle facciate esce un'idea, l'espressione di un sentimento diverso della vita, e come un soffio d'aria d'un altro cielo e d'un altro secolo, che bisbiglia nomi d'imperatori e di poeti, e porta il suono di musiche lontane, piene di pensieri e di memorie. E fanno una impressione strana tutti quei belli edifizi muti e senza vita. Pure che dentro vi si prepari qualche cosa, e che al sonare di mezzogiorno, come da tante cassette di orologi, debbano affacciarsi improvvisamente a tutte quelle finestre e a tutte quelle porte, e correre lungo le balaustrate, castellani inglesi e borgomastri fiamminghi, girolamiti del Portogallo e sacerdoti dell'Elefante bianco, mandarini e sultane, e ateniesi del tempo di Pericle e gentildonne italiane del quattordicesimo secolo, e fatte le loro riverenze automatiche, rientrare alla battuta dell'ultim'ora. La via è lunghissima. Stando a metà si vede appena in fondo, confusamente, la facciata rossa e bianca dei Paesi Bassi e la ricchissima porta claustrale del Portogallo, accanto alla quale i piccoli Stati africani ed asiatici aggruppano le loro bizzarre architetture variopinte, schiacciate dall'edifizio elegante ed altiero dell'America del Sud. Più in qua signoreggia il palazzo del Belgio, severo e magnifico, colle sue belle colonne di marmo scuro, dai capitelli dorati; e fra il Belgio aristocratico e la Danimarca pensierosa, fa capolino timidamente, come una prigioniera, la piccola Grecia bianca e gentile. Alcune facciate par che abbiano un senso politico. La Svizzera slancia innanzi bruscamente, con una specie d'insolenza democratica, il suo enorme tetto bernese accanto alla mole giallastra della santa Russia, che affetta la superbia minacciosa d'un castello imperiale. Fra il lungo porticato austriaco e la faccia nera e fantastica della China, s'alza la Spagna arabescata e dorata dei Califfi; e fanno uno strano senso, dopo le due casette semplici e quasi melanconiche della Scandinavia, le arcate teatrali d'Italia, messe in rilievo dalle tende purpuree; dietro alle quali salta fuori inaspettatamente la facciata rustica del Giappone colle sue grandi carte geografiche piene di pretensione scolaresca. E finalmente, più vicino all'entrata, dan nell'occhio gli Stati Uniti sdegnosi, che non vollero prender parte alla gara, contentandosi di esporre fieramente i loro cinquanta stemmi repubblicani sopra una piccola casa bianca e vetrata, accanto alla quale s'alzano i cinque edifizi graziosi dell'Inghilterra. Una folla di stranieri che vanno e vengono, tutti col viso rivolto dalla stessa parte, cercando curiosamente l'immagine della patria, e riconoscendola con un sorriso, dà a questa strana via un aspetto amabile d'allegrezza, e come un'aria di pace e di cortesia, che mette il desiderio di distribuire strette di mano da tutte le parti, e di fondare un giornaletto settimanale per intimare il disarmo dell'Europa.

Per prima cosa entrai nell'immenso palazzo coperto delle «sezioni straniere» e mi trovai in mezzo al magnifico disordine dell'Esposizione d'Inghilterra. Qui la prima idea che passa per il capo è di voltar le spalle e di tornarsene a casa. Il primo giorno si passa fra tutte quelle meraviglie inglesi con una indifferenza di cretini. Si gira per un pezzo in mezzo ai cristallami purissimi, alle ceramiche, alle orerie, ai mobili, a oggetti d'arte improntati delle ispirazioni di tutti i tempi o di tutti i popoli; frutti dell'ingegno e della pazienza, che riuniscono la bellezza e l'utile, e accusano il lusso severo d'un'aristocrazia straricca e fedele alle sue tradizioni, e l'osservazione variatissima di un popolo sparso per tutta la terra; e qui si sente l'aria delle grandi officine di Manchester, là si vive un istante in un castello delle rive del Tamigi, più in là spira la poesia intima e quieta dell'*home* modesto, che aspetta la fortuna dal navigatore lontano. Si passa fra le grandi alghe marine del Capo di Buona Speranza, fra i canguri e gli eucalipti di Victoria e della Nuova Galles, fra i minerali di Queensland, fra i gioielli bizzarri dell'Australia del Sud, tra un'esposizione interminabile di flore, di faune, di industrie e di costumi di tutte le colonie dell'immenso regno, e non s'è ancora arrivati in fondo che s'è già fatto cento volte col pensiero il giro del globo, e s'è sazii. Ma ogni cambiamento di «sezione» fa l'effetto di una rinfrescata alla fronte. Cento passi più in là, è un altro mondo. Vi trovate improvvisamente davanti a uno spettacolo nuovissimo. È da ogni parte un sollevarsi e un abbassarsi di letti chirurgici, un allargarsi e un restringersi di sedie, che sembravan vive, per le operazioni oculistiche; un girar di tavole anatomiche, un aprirsi di dentiere, un alzarsi di ferri minacciosi e feroci, uno scricchiolio e uno scintillamento che mette freddo nelle ossa. Non c'è bisogno di chiedere in che parte del mondo ci si trovi. L'oreficeria solida, i vasi enormi d'argento, gli orologi dei minatori della California, i trofei delle ascie di Boston, i congegni elettrici, le carte monetate, le vetrine irte di ferro e le mitragliatrici formidabili; una certa fierezza poderosa e rude di cose utili, annunzia l'esposizione degli Stati Uniti, non so se rallegrata o rattristata da una musica fragorosa d'organi, d'armonium e di pianoforti, la quale seconda mirabilmente le divagazioni della fantasia in mezzo ai mille oggetti che ricordano le lotte e i lavori immani dei coloni nelle solitudini del nuovo mondo. Ma un nuovo spettacolo cancella subito questa impressione violenta, La ricchezza dei legni scolpiti delle vetrine annunzia il paese delle grandi foreste, e mille immagini rammentano la dolce tristezza dei bei laghi coronati di montagne irte di pini e bianche di neve. In mezzo ai prodotti delle miniere di Falum e ai blocchi di nikel, si alzano i trofei di pelliccie, circondati di teste d'orsi, di lontre e di castori; le stufe colossali, le piramidi nere di bottiglie sferiche, i pattini, i cordami, e i grandi mucchi di fiammiferi svedesi; ai quali succedono le ceramiche in cui brilla un riflesso pallido dei mari boreali, e i mille oggetti scolpiti dai contadini norvegi nelle veglie interminabili delle notti d'inverno. Immagini e colori che presentano tutti insieme un gran quadro malinconico, nel quale matte appena un sorriso la bianchezza argentea delle filigrane di Cristiania, come uno spiraglio sereno in un cielo rannuvolato. Lo spiraglio però s'allarga improvvisamente all'uscire dalle sale della Scandinavia, e alle brume boreali succede in un batter d'occhio l'ampio sereno immacolato di un cielo primaverile; un popolo di statue candide, uno sfolgorìo diffuso di cristalli, un luccichio di sete e di musaici, un riso di colori e di forme, davanti a cui tutti i visi si rischiarano, tutti i cuori s'allargano, e tutte le bocche dicono:—Italia—prima che gli occhi ne abbiano letto l'annunzio. È un vero colpo di scena, al quale segue immediatamente un altro non meno meraviglioso. Passate la soglia d'una porta: avete fatto un viaggio di mare di due mesi. Siete in un altro emisfero. Vi trovate dinanzi a un ideale artistico nuovo, che urta e scompiglia violentemente tutte le immagini che vi si sono affollate nel capo fino a quel punto; in mezzo a visi esotici, a oggetti strani, a combinazioni inaspettate di colori, a prodotti bizzarri d'industrie enigmatiche, che mandano profumi sconosciuti, e destano a poco a poco, oltre la curiosità, un'ammirazione accresciuta di non so che simpatia intima, come di natura. È il Giappone, la Francia dell'Asia, che espone i suoi vasi colossali dipinti su fondo d'oro, i salotti arredati di mobili di porcellana, i quadri di seta ricamati a uccelli e a fiorami, le intarsiature d'avorio, di lacca e di bronzo, e mille piccole meraviglie innominabili; e in ogni cosa quella nitidezza cristallina, quella perfezione disperata delle minuzie, quella finezza aristocratica di colori, quell'ingenuità gentile d'immaginazione femminea, che è l'impronta propria e indimenticabile dell'arte sua. Il Giappone prepara alla China; ma è in ogni modo un gran salto. Alla musica dei colori succede il tumulto, al grazioso il grottesco, al finito il tormentato, alla varietà la confusione, al capriccio la follia. Al primo entrare, la vista rimane offesa. In mezzo ai mobili di mille forme sconosciute, di legno di rosa o di legno di ferro, intarsiati di avorio o di madreperla, cesellati con una pazienza prodigiosa, si rizzano i baldacchini purpurei, i paraventi dipinti di giardini misteriosi, i parafuochi ricamati di farfalle argentee e di uccelli dorati, le pagode a sette piani coperte di chimere e di mostri, i chioschi snelli dai tetti arrovesciati e frangiati, su cui spenzolano dalla vôlta le enormi lanterne fantastiche, simili a tempietti aerei d'oro e di corallo, fra le pareti coperte di grandi stendardi di seta gialla ornati di caratteri cabalistici di velluto nero; dai quali, abbassando lo sguardo, si ritrovano le portantine delle dame, i bottoni dei mandarini, le scarpette ricurve, le pipe da oppio, le bacchettine da riso, i bizzarri strumenti di musica, e immagini della vita chinese d'ogni tempo e d'ogni ceto, che appagano cento curiosità, svegliandone mille, e metton la testa in tumulto. Ah! come si riposa l'occhio e la mente uscendo dalla porta rossa di Pekino! Par di tornare nella propria patria, in mezzo ai fratelli e agli amici. Siviglia canta, Granata sorride, Barcellona lavora. Alla prima occhiata riconosco le mie belle amiche dei venticinque anni. Ecco la chitarra di Figaro, ecco i pugnali di Toledo, ecco le mantiglie insidiose, le scarpettine calamitate, i ventagli che parlano, i bustini che fanno scattare le braccia, le stoffe pittoresche della Catalogna e dell'Andalusia, e i vasi moreschi, e i ricami di seta dei chiostri antichi, e gli svelti fantaccini di Espartero e di Prim, che drizzano i loro graziosi cappelletti alla Ros in mezzo ai cannoni che fulmineranno il terzo esercito di don Carlos. Ma è una visione fuggitiva. Passano i Pirenei, passano le Alpi; uno scintillio diffuso di cristallami, che mandano riflessi di tutti i metalli e di tutte le perle, fra cui brilla da ogni parte il widerkomme verde, stemmato e coronato, annunzia la Boemia. Si va innanzi fra la mostra splendida dell'orologeria viennese e i ricchi mobili improntati del gusto del cinquecento e del gusto nuovissimo, sposati graziosamente; a traverso a un museo di pipe splendide, in mezzo a mucchi di saponi del Danubio, dell'apparenza di formaggi e di frutti, fra i tessuti di vetro e i prodotti delle miniere d'Ungheria, che mostra la novità preziosa del suo opale nero; e poi.... dove si riesce? Siamo nell'estremo settentrione o nell'estremo oriente? Si può credere l'uno e l'altro. Son due spettacoli in uno. Di qua, le pietre preziose della Siberia, i grandi blocchi di malachite dell'Ural, gli orsi bianchi, e la volpe azzurra, le stufe enormi, le stoffe porporine di Mosca, mille scene dipinte della vita russa, intima e grave, e saggi ingegnosi di nuovi metodi d'insegnamento, che rivelano una cultura fiorente; di là, i vestiarii briganteschi e splendidi del Caucaso, i pugnali e i gioielli barbarici, e un barlume del cielo di Tartaria e un riflesso del sole di Persia; e poi l'oreficeria e la ceramica dall'impronta bizantina, fra cui brillano i grandi piatti di mosaico a fondo d'oro, nuova gloria di Mosca: una esposizione varia e tumultuosa che conduce il pensiero a salti, d'oggetto in oggetto, dalle rive della Vistola alla muraglia della China, e lascia quasi sgomenti dinanzi all'immagine dell'Impero smisurato e deforme. Improvvisamente un alito d'aria montanina vi porta una vaga fragranza d'Italia, e vi ritrovate in mezzo a mille cose e a mille colori famigliari al vostro sguardo. La Svizzera c'è tutta, verde, fresca, nevosa, vigorosa, ricca e contenta. Ginevra ha mandato i suoi orologi, Neufchâtel i suoi gioielli, Choume le sue maioliche, Glaris le sue indiane, Zurigo le sue sete, Interlaken le sue sculture, Vevey i suoi sigari, e San Gallo e Appenzel hanno riempito una vasta sala dei loro ricami insuperabili, davanti a cui s'accalca una folla meravigliata. Ma di qui s'intravvede già, nelle sale vicine, l'arte e la splendidezza d'un popolo più fine e più opulento. Qui decorazioni d'appartamenti principeschi, pulpiti e seggioloni di cori, prodigiosamente scolpiti, che si riflettono nei palchetti intarsiati e negli specchi colossali, in mezzo ai bronzi e ai pianoforti; e una ceramica superba che riproduce i grandi capolavori della pittura nazionale. Le trine di Malines riempiono della loro grazia aerea ed aristocratica una sala affollata di signore che gettan lampi dagli occhi. Dalle pareti pendon le tappezzerie istoriate d'Ingelmunter, le belle armi di Lièges, vicino alle sculture in legno di Spa e ai prodotti metallurgici della Vecchia montagna; dopo i quali si può prendere un po' di respiro in un gabinetto di Re Leopoldo, scolpito in legno di quercia, che fa sinceramente desiderare, per un'oretta al giorno, la corona del Belgio. E poi un contrasto curiosissimo: le esposizioni di due paesi profondamente diversi, che par che si guardino l'un l'altro, stupiti di trovarsi di fronte. Figuratevi da una parte le pelli degli orsi bianchi uccisi dai navigatori danesi in mezzo ai ghiacci polari, dall'altra i tappeti fatti a mano dalle belle fanciulle brune nei villaggi irradiati del Peloponneso; di qui i legni della foresta di Dodona, di là gli zoccoli delle grosse contadine di Fionia; a destra i marmi delle miniere del Laurium, che rammentano le glorie dello scalpello antico; a sinistra le reti dei pescatori del Baltico, che fanno sentire nella mente echi lontani di canzoni pie e melanconiche; e dirimpetto alle immagini degli oggetti ritrovati negli scavi delle terre famose, di fronte alla poesia delle rovine immortali e delle ceneri glorificate dal mondo, i visi pacati, i costumi semplici, le feste patriarcali di un popolo grave e paziente, industrioso ed economo, che ispira l'amore del lavoro tranquillo e della vita oscura e raccolta. Di là dalla Danimarca, s'apre un nuovo infinito orizzonte, dinanzi al quale il visitatore si arresta, e gli balenano alla mente i *pampas* sterminati, le tempeste di sabbia, i nembi di cavallette, gli armenti innumerevoli, i viali deserti fiancheggiati da monumenti titanici di pietra, e le foreste senza fine e le immense valli solitarie su cui sorge appena l'aurora della vita umana, e qua e là, dietro un velo di nebbia, faccie mostruose e stupefatte, di Incas, che tendon l'orecchio agli squilli vittoriosi della civiltà che s'avanza. Qui è un labirinto di sale e di gallerie, che vi conducono dal Perù all'Uraguay, dall'Uraguay a Venezuela, a Nicaragua, al Messico, a San Salvador ad Haiti, alla Bolivia, tra i mobili di Buenos Ayres e gli abbigliamenti delle signore di Lima, fra i cappelli di foglie di sen, le stoffe d'alpaga e i tappeti di lama, in mezzo alle canne di zucchero, ai bambù, alle liane, alle scaglie di coccodrillo, agl'idoli informi, alle memorie dei primi conquistatori; fin che il quadro selvaggio e grandioso, che vi riempie di pensieri solenni, s'interrompe bruscamente fra i mille colori ridenti e i mille ninnoli puerili d'un bazar musulmano, da cui, fra due pesanti cortine, s'intravvedono le pareti misteriose d'un arem. Eccovi a Tunisi. E oramai, per un pezzo, non uscirete dai paesi «prediletti dal sole». Ecco le graziose decorazioni moresche dell'impero dei Sceriffi, accanto al quale la Persia mostra i suoi tappeti regali e le sue ricche armi damascate. Poi un piccolo gruppo di paesi semifavolosi, e un visibilio di cose indescrivibili, che mi par di aver viste sognando: Annam coi suoi mobili grotteschi e coi suoi ventagli incredibili; Bankok coi suoi strumenti d'una musica dell'altro mondo e colle maschere mostruose dei suoi attori drammatici; Cambodge.... Ah! è bravo chi si ricorda di Cambodge. E dopo la favola vien la barzelletta, gli stati putti, i nani della festa, che si rizzano l'uno sulle spalle dell'altro, in Via delle nazioni, per parer di statura: Monaco che offre una tavola, Lussemburgo che mostra dei banchi di scuola, Andorre che presenta le sue leggi, San Marino che fa vedere una macchinetta. Qui l'Esposizione volge un poco all'ameno. Ma si ripiglia immediatamente, ricca e severa, colle arcate del chiosco di Belem e colle mura dell'abbazia di Bathala, fra i modelli dell'antica architettura portoghese sopravvissuta al terremoto famoso, negli splendidi vasi moreschi, nelle sculture in legno, nelle belle stuoie di Lisbona e nelle innumerevoli figurine d'argilla dipinte, che rivelano tipi, foggie e costumi, e vi fanno vivere un'ora nella città di Camoens in via *do Chiado* a al *paseio don Pedro de Alcantara*, in mezzo ai *fidalgos*, ai marinai, ai toreros, e ai tagliacantoni inferraiolati e alle belle ragazze brune del *Bairro alto*. E finalmente lo spettacolo cambia per l'ultima volta. Si rientra nella nebbia del settentrione in mezzo a un popolo ben coperto e ben pasciuto, che trinca, fuma e lavora, col corpo e coll'anima in pace, e qui si ritrovano le sue dighe e i suoi canali, le sue stanzine piene di comodi, le sue grosse massaie, le sue tavole apparecchiate, i mercati e le scuole, i ponti e le slitte: tutta l'Olanda, umida e grigia, nella quale termina il mondo e la visione faticosa svanisce.

Usciti di qui, è bene scappare, se si può, a prender le doccie nella più vicina casa di bagni, e poi si ritorna per vedere «la sezione francese.» Fatto il conto, è una passeggiata di ottomila passi. Son circa duecento sale, varie di colore e di gradazione di luce, ma quasi tutte rischiarate da una luce soave, in cui l'occhio si riposa. Ora par d'essere in una reggia, ora in un museo, ora in una chiesa, ora in un'Accademia. La Francia si prese, in spazio, la parte del leone; ma seppe mostrarsene degna. Una delle mostre più belle è quella dei cristallami, in una vastissima sala bianca e azzurrina, che attira gli sguardi da tutte le parti. È una foresta di cristallo inondata di luce, un palazzo di ghiaccio traforato e niellato, tutto trasparenza e leggerezza, nel quale brillano i colori di tutti i fiori e di tutte le conchiglie, e lampeggia l'oro e l'argento, fra un barbaglio diffuso di scintille diamantine e un'incrociamento d'iridi infinite, che fa socchiudere gli occhi. Lascio ad altri la descrizione dei grandi lampadarii dalle miriadi di prismi, dei candelabri e dei vasi cesellati, delle bottiglie e delle tazze elegantissime color di cielo, di sangue e di neve, delle imitazioni di Murano del Baccarat o dei famosi vetri, smaltati del Broccard. Io mi ristringo ad esprimere una matta ammirazione per la leggerezza miracolosa dei servizi da tavola di Clichy, fabbricati proprio per un banchetto di regine di diciott'anni, bionde e sottili come creature d'un sogno. Ah! detesto il grosso banchiere che metterà quella grazia davanti ai suoi grossi amici della Borsa, sulla mensa del giorno di Natale! I tesori più preziosi dell'Esposizione son quasi tutti là presso. Fatti pochi passi, si arriva nello scompartimento dei gioielli, che è un solo enorme scrigno, che contiene ottanta milioni di lire in perle e in diamanti; pieno di rarità bizzarre e di lavori meravigliosamente delicati, da far desiderare a un osservatore onesto d'aver le mani legate; e nelle sale dell'oreficeria, in mezzo ai vasi e alle statuette da salotti reali, alle posate d'oro, agli altari sfolgoranti, a mille piccoli capolavori da grandi borse che metterebbero il furore del lusso casalingo in un Arabo del deserto. Arrivati là s'è chiamati in un'altra parte da una musica strana. È un gran numero di uccelli meccanici, che fischiano, pigolano e trillano, aprendo il becco e dimenando graziosamente la testa e la coda, per annunziare l'esposizione dell'orologeria; nella quale son raccolti i più bei lavori dei quarantamila operai di Besançon, dagli orologi microscopici che si possono spedire alla fidanzata nella busta d'una lettera, ai macchinoni che vi suonano a festa l'ora dei dolci appuntamenti coi rintocchi d'una campana da cattedrale. Quasi tutti gli scompartimenti sono preannunziati da qualche cosa. Arrivati a un certo punto, sentite un fracasso Indemoniato d'organi, di clarini, di violoncelli, di trombe, che sembra un'orchestra di pazzi: è l'esposizione degli strumenti di musica. Passate per le sale delle tappezzerie e dei tappeti, decorate di nero: a un tratto un'aria infocata vi soffia nel viso, la decorazione si fa rossa di fiamma, vi ritrovate in mezzo ai forni, ai fornelli, ai cammini, alle cucine a gaz, alle lampade fotoelettriche, ai caloriferi e alle stufe che allungano in tutte le direzioni le loro gigantesche braccia nere, e danno alla sala l'aspetto cupo d'un'officina. Ma qui vi sentite già dare al capo un misto di profumi femminei, che vi mettono in ribollimento l'immaginazione, e un passo più là siete nell'esposizione seducente delle profumerie, splendida di mille colori, dove, chiudendo gli occhi, sognate in un minuto secondo tutti i peccati mortali di Parigi, Questi contrasti son frequentissimi. Girate, per esempio, nello scompartimento del così detto *article de Paris*, pieno di cofanetti, di pettini, di canestrini, di scrignetti, d'infiniti ninnoli graziosi e preziosi, che esprimono tutte le più raffinate mollezze della vita signorile, e già vi sentite come viziati da mille desiderii da bellimbusto e da donnetta: ecco tutt'a un tratto una raffica brutale di vento oceanico e un coro di voci rudi e sinistre, che vi dà una scossa alle fibre. Siete entrati in una vasta sala decorata selvaggiamente di reti e di cordami enormi, in mezzo ai prodotti delle colonie francesi, tra le lancie e le freccie, tra gli uccelli strani e i feticci mostruosi, tra i bambù della Martinica e i piedi d'elefante della Cocincina; tra i vegetali del Senegal e i lavori dei deportati della Nuova Caledonia; tra mille cose che vi raccontano storie di fatiche, di dolori e di pericoli, da cui uscite pensierosi e ritemperati. Di qui ritornate nella civiltà, fra le meraviglie della ceramica, in una sala che presenta l'aspetto di una galleria di quadri; nella quale si vedono gli appassionati senza quattrini cogli occhi fuor della testa. Qui c'è la varietà e la ricchezza d'un industria fiorente, piena di speranze e d'ardimenti, a cui sorride la fortuna: imitazioni dell'antico, tradizioni ringiovanite, vittorie nuove dell'arte, come lo smalto a fondo d'oro e il rosso ottenuto mirabilmente; busti e statue, paesaggi, figurine, fiori, ritratti, d'un colorito fresco e possente, che paiono pitture ad olio; le pareti coperte di terre cotte, di porcellane, di lave smaltate, di cammini altissimi, e d'ogni sorta di decorazioni colossali, che promettono alla nuova ceramica uno splendido avvenire di conquiste sull'architettura; già incominciate, di fatto, nel palazzo stesso dell'Esposizione. Poi vengono le regioni che s'attraversano di corsa; selve di lame sguainate e irte, e file di sale in cui non son che fili e tessuti; dove grazie alla solitudine, potete prendere l'andatura libera del viandante dalle ossa rotte. Improvvisamente vi fermate davanti alla magnificenza delle sete: sete di tutti i colori e di tutti i disegni, antiche e nuove, fra cui risplendono quelle ricamate d'oro e d'argento, che piglieranno la via dell'Oriente, per esser tagliate in caffettani e in calzoncini per le belle donne degli arem. Qui, per le signore, comincia il regno della tentazione. Le più riserbate non riescono a padroneggiarsi. È una cosa amenissima vedere gli sguardi languidi, sentire i sospiri amorosi e le esclamazioni irresistibili di meraviglia, che suonano dinanzi a quelle vetrine. S'entra nelle sale delle trine, dove c'è il lavoro di cinquecento mila mani di donna; veli e gale da imperatrici, che si manderebbero in aria con un soffio, quadri di pizzo pieni di figurine aeree, ombrellini e ventagli che paion fatti di ragnateli, e ricami di fata, vere pitture dell'ago, che farebbero domandare su due piedi, come un re delle *Mille e una notte*, la mano della ricamatrice incognita, a rischio di legarsi a un rosticcio. Poi si capita in un giardino d'Andalusia nei primi giorni di maggio, in mezzo alle penne e ai fiori; e di là fra i vestimenti dei due sessi, da cacciatore e da amazzone, da ballo, da bagno, da nozze, da morte, pei ministri, per le commedianti e pei putti; meraviglie d'eleganza e di gusto, dinanzi a cui si vedono dei sarti di provincia immobili, in atto di profondo scoraggiamento. Qui c'è un'alcova misteriosa, tutta bianca, azzurrina e rosea, rischiarata da una luce languidissima, in cui vi sloghereste le braccia a abbracciare, tanti e così gentili e così provocanti sono i bustini da verginelle, da matrone, da belle trentenni nervose e da maschiette cresciute tutt'a un tratto, che vi svelano i più preziosi segreti della bellezza femminile d'ogni età e d'ogni complessione. Di là si ritorna fra i ventagli dipinti da artisti celebri che fanno fresco al viso e al pensiero con paesaggi deliziosi delle Alpi e del Reno; poi in un bazar di calzature che rivende quelle di Stambul, dove potete passare un'ora piacevole a calzare piedini immaginarii di principesse circasse e di marchesine spagnuole; poi fra gli scialli dorati della Compagnia delle Indie; poi nelle sale degli oggetti da viaggio e da accampamento, che fanno ribollire il sangue dei vagabondi; poi nell'esposizione dei giocattoli; dove tutto move, strepita, salta, canta, tintinna, da far disperare tutti i *bebés* dell'universo. Ma è la profusione delle cose che sgomenta. Entrate fra le bretelle: c'è da imbretellare tutti i giubilati d'Italia; tra i legacci: ce ne sono da provvedere tutti gli innamorati della Frisia per i loro regali di nozze. Così nella galleria lunghissima delle arti liberali, decorata con una semplicità severa, dalla sala delle missioni giù giù fra le biblioteche e le mappe, fra gli strumenti chirurgici e i modelli anatomici, dove s'arrestano pochi visitatori silenziosi, che meditano e notano. Qui c'è la splendida esposizione libraria della Francia, prima fra tutte, dove gli editori espongono sulle pareti, come titoli di nobiltà, gli elenchi interminabili degli autori illustri a cui prestarono i tipi: una collezione di gioielli del Plon, del Didot, del Jouvet, dell'Hachette, che annunzia al mondo il connubio desiderato e glorioso del genio dell'Ariosto e dell'ispirazione del Dorè; e le legature delicate e magnifiche del Rossigneux, dinanzi a cui la mano si slancia prima al portamonete, e poi si alza a dare una grattatina rassegnata alla barba. E via, a traverso all'esposizione brillante delle armi, nelle sale della scultura dei metalli, che è un vasto museo d'orologi monumentali di bronzo, di statue d'argento di grandezza umana, di candelabri, di lampade e di lanterne da vestiboli di reggia; a cui tien dietro, in una doppia fila senza fine di saloni aperti come teatri, la mostra meravigliosa del mobilio, nella quale s'alternano colle bizzarrie graziose della moda le forme correttamente eleganti del rinascimento; dopo di che non resta che la galleria dei prodotti. Ci avete però un quarto d'ora di cammino fra i lavori ciclopici dell'industria metallurgica, fra migliaia di tubi enormi che presentan l'aspetto delle pareti d'una grotta di basalto, a traverso a foreste di ferro e di rame, in mezzo alle opere innumerevoli della galvanoplastica, fra cui torreggia il vaso colossale del Dorè; e via via, il museo statuario del Cristophle, una montagna di pelliccie, una selva di penne, un palazzo di corallo, e i prodotti chimici, e le pelli, e che so io? Verso la fine la stessa stanchezza vi mette le ali ai piedi, le sale fuggono, gli oggetti si confondono; se ci fosse un treno di strada ferrata, pigliereste il treno; e quando arrivate in fondo, dareste la testa per uno scudo, ma proprio colla sicurezza di fare un buonissimo affare.

Facciamo un sonnellino sopra uno dei mille divani del Campo di Marte e poi ritorniamo nel mare magno. Io esprimo le mie impressioni del primo giorno, semplicemente. Ebbene, ciò che mi fece più meraviglia non sono le cose esposte; è l'arte dell'esposizione. Qui davvero bisogna ammirare l'inesauribile fecondità dell'immaginazione umana. L'esposizione dei mezzi d'esposizione sarebbe per sè sola una cosa da sbalordire. Figuratevi dei grandi chioschi di legno scolpiti, leggieri che paiono di carta o di paglia; delle vetrine cesellate, per la mostra dei fili di Scozia, che costano mille sterline l'una; delle case di vetro, degli archi trionfali, delle specie di colossali trionfi da tavola, carichi di oggetti, che potrebbero stare in mezzo a una piazza. Il cotone è disposto in forma di tabernacoli e di cappelle commemorative; le spille, a milioni, in trofei; l'allume di potassa a muraglie; la cera di Spagna in torri alte come case; i tappeti in piramidi che toccan la vôlta; la glicerina modellata in busti d'uomini celebri; il sapone fuso in colonne monumentali d'apparenza marmorea; i tubi di ferro congiunti in forma di organi titanici o di chiesuole di stile gotico, le marmitte in obelischi egizii, i cilindri di rame in colonnati babilonesi, le funi telegrafiche in campanili. V'è una gara di bizzarrie architettoniche spinta a un segno che fa ridere. Un mercante di stoffe fabbrica un castello di materasse? L'orologiaio vicino innalza una piramide di duemila casse d'orologi. Un olandese espone un tempio di stearina che può contenere venti persone, colle sue statue e colle sue gradinate? E un francese costruisce un tempio di cristallo sorretto da sei colonne e circondato da una balaustrata, che costa venticinque mila napoleoni. Un profumiere inglese consacra una palazzina ai suoi cosmetici e alle sue boccette? E un chiodaio parigino rappresenta con nient'altro che coi suoi chiodi dalla testa dorata, il palazzo del Trocadero colla sua cupola, colle gallerie e colla cascata. Un liquorista d'Amsterdam fa colle sue bottigline un altare da cattedrale? E un profumiere di Rotterdam gli fa zampillare davanti una fontana d'acqua di Colonia. Questo per attirare gli sguardi e i quattrini. Aggiungete una infinità di medaglie d'onore e di documenti d'ogni sorta, esposti dai venditori, molti dei quali mettono persino in mostra le fotografie e le lettere di complimento dei loro clienti. Altri s'aiutano con mezzi meccanici. I gibus s'alzano e s'abbassano da sè, manine di cera suggellano le lettere, i trofei rotano, gli automi vi chiamano, le scatole musicali vi ricreano, gli espositori v'apostrofano o vi spiegano. Ci son poi i colossi che fan presso a poco lo stesso ufficio. In ogni Esposizione c'è un certo numero di queste grandi fanciullaggini. Qui c'è una bottiglia spropositata di vino di Champagne che basterebbe a ubbriacare un battaglione di bersaglieri; là un cavaturaccioli mostruoso che par fatto per tirar su i tetti. Nell'esposizione francese delle lame un coltellaccio damascato davanti al quale le più grandi *navajas* della Spagna non paiono che temperini. V'è una botte francese che contiene quattrocento ettolitri, una ungherese che ne contiene mille, e quella della fabbrica di Champagne che è capace di settantacinque mila bottiglie. Vi son gli specchi di ventisette metri quadrati di superficie; rotaie d'un sol pezzo di cinquanta metri, e fili metallici lunghi venticinque chilometri. Aggiungete ancora il martello smisurato del Creusot che pesa ottantamila chilogrammi; e il girarrosto gigantesco della casa Baudon, che vi arrostisce venti capretti per volta. Poi le meraviglie della pazienza umana: i coltellini microscopici, colle loro belle guaine, che stanno in cento e quattro dentro un nocciolo di ciliegia; i tappeti orientali fatti di sei mila frammenti; il cassettone spagnuolo composto di tre milioni e mezzo di pezzetti di legno; le stoffe da cinquecento lire il metro, fatte a cinque centimetri il giorno; il servizio da tavola degli Stati Uniti, a cui lavorarono per diciotto mesi duecento operai; la fontana scolpita a cui lavorò un contadino scozzese per sette anni. E in fine le stranezze, i ghiribizzi dell'ingegno umano, del genere dell'ago di refe d'Emilio Praga. Questi avrebbe potuto fare alla sua amante, in quella certa poesia, tutte quest'altre domande. Vuoi un pendolo che ti faccia vento? un orologio fatto con un girasole, da cui esca un ragno ad acchiappare una mosca? un mobile che ti si trasformi sotto le mani, a tuo piacere, in bigliardo, in scrivania, in scacchiera e in tavola da mangiare? una barca vera con remi e timone, da portar sotto il braccio al lago di Como? un portamonete che tiri delle pistolettate? la carta dell'Europa in un fazzoletto? un paio di stivaletti di squame di pesce? un letto di ceralacca? una poltrona di cristallo? un violino di maiolica? un velocipede a vapore? Qui c'è tutto: gli orologi magici, le trottole miracolose, le bambole che parlan francese, le spagnuole di legno che v'insegnano a maneggiare il ventaglio.... Non ci manca proprio altro che l'ago di Emilio Praga.

E le cose belle dunque! Infinite; ma un po' care. Non c'è mezzo di mobiliarsi una casa a proprio gusto, fantasticando, senza profondere un milioncino in un quarto d'ora. A ogni passo trovate un mobile che vi incapriccia, e sareste quasi tentati di fare uno sproposito; ma avvicinandovi al cartellino del prezzo, vedete dietro a un *uno* che vi dà un filo di speranza quattro maledettissimi zeri che paiono quattro bocche spalancate che vi sghignazzino in faccia. È un continuo supplizio di Tantalo. Non c'è che un solo conforto: che molte cose son già comprate. Avete messo gli occhi sopra un meraviglioso servizio da tavola della casa Cristophle, che vale quattrocento mila lire; ma ve l'ha buffato il duca di Santoña. Così la duchessa v'ha liberato dalla tentazione di portar a casa una splendida veste Colbert e Aleçon, che avrebbe spazzato netto il vostro piccolo patrimonio. Il gran vaso di malachite ornato d'oro, della sezione russa, alto tre metri, ve l'ha portato via il principe Demidoff. Il più bel paio di stivaletti trinati di tutta l'Esposizione sono della principessa di Metternich, i due più bei manicotti di volpe nera appartengono alla principessa di Galles, e l'Imperatore d'Austria ha già messo il suo augusto suggello sopra un impareggiabile cofano d'argento cesellato, che sarebbe stato la vostra delizia. Ci rimane però dell'altro. Io mi permetterei di suggerire alle signore facili a contentarsi un graziosissimo velo di trina dell'esposizione belga, fatto con un filo che costa cinquemila scudi il chilogramma; e agli sposi di giudizio un letto chinese di legno di rosa intarsiato d'avorio che costa poco più di una villetta passabile sulle rive del lago di Como. Alla porta della camera si potrebbero mettere le due tende di seta ricamate d'oro e d'argento, che sono in vendita nell'esposizione austriaca per mille e duecento napoleoni. C'è la comodità di poter comprare delle sale intere, anzi degl'interi appartamenti, d'ogni stile e d'ogni paese, lì su due piedi, d'un colpo, con un gran risparmio di tempo e di seccature. E ci sono pure delle ammirabili cose per le borse modeste. Lo zaffiro del Rouvenat, circondato di diamanti, si può avere con un milione e mezzo; e stiracchiando un poco, si può anche ottenere a un prezzo ragionevole un curiosissimo diamante tagliato in forma di una lanterna a gaz e incastonato in un candelabro d'oro microscopico, ch'è una vera bellezza. Tutte cose che sulle prime fanno girare un po' il capo, ma poi si scrollano le spalle, e si tira via senza badarci, dicendo:—corbellerie, corbellerie—coll'indifferenza d'un franco.... impostore.

E si va a vedere l'esposizione dei prodotti alimentari, meno pericolosa per la fantasia: una passeggiata d'un miglio, o poco meno. Chiudete gli occhi, pigliatevi la testa fra le mani, e cercate di rappresentarvi tutto quanto di più strano e di più raro può mettersi in corpo un uomo senza rischiare la vita: c'è tutto. Potete bere, a quindici centesimi, un bicchiere delle quattordici sorgenti d'acqua minerale della Francia, o un bicchiere d'acqua delle Termopili, nella sezione greca, o birra della Danimarca che ha fatto il giro del mondo; o se preferite i vini, vino di Champagne che si fa sotto i vostri occhi, tutti i vini della Spagna in bottigline graziose da mezza lira, che vi vende una bella ragazza di Jerez; e vini di Porto e di Madera, imbottigliati nel 1792, a cento lire la bottiglia, compresi i documenti storici «debitamente legalizzati.» E se il vino di ottantasei anni vi par troppo giovane, trovate nella sezione francese, in mezzo a una corona di sorelle nonagenarie, una bottiglia di vin del Giura del 1774, coronata di semprevive, a un prezzo da convenirsi. Trovate il chiosco dei vini di Sicilia e il chiosco dei vini di Guiro; tutti i vini d'Australia nella capanna da minatore eretta dal governo di Malbourne; e nella sezione delle colonie inglesi, il misterioso vino di Costanza, del Capo di Buona Speranza, e l'enigmatico vino del Romitaggio della nuova Galles, fatto con uva secca. Ci avete il vino di Schiraz nella sezione di Persia, il vino di Corinto accanto all'acqua delle Termopili, e potete gustare un Tokai squisito nella trattoria rustica dell'Ungheria, al suono d'una banda di zingari. Per mangiare poi non c'è che da chiedere. Nei padiglioni delle colonie francesi una creola vi dà l'ananasso, una mulatta vi dà il banano, un negro la vaniglia. Potete mangiare della marmellata del Canadà e intingere in un bicchiere del famoso Sant'Uberto di Vittoria dei biscotti che hanno attraversato l'Atlantico. Potete scegliere fra i pesci celebrati della Norvegia e i maiali illustri di Chicago. Potete fare anche meglio: prendervi un pezzo di carne cruda venuta dall'Uraguay, ma fresca e sanguinante che par della mattina, e andarvela a far cuocere voi stessi collo specchio ustorio dell'Università di Tours, nella galleria delle arti liberali di Francia. Poi ci sono le trattorie olandesi, americane, inglesi e spagnuole. Avete al vostro servizio cento bei pezzi di ragazze vestite di nero e di bianco in un monumentale *bouillon Duval* che pare un tempio delle Indie. Se avete un debole per la Russia, potete andare alla trattoria russa dove da manine polacche, moscovite, armene, caucasee v'è servito il vero kumysy venuto dalle steppe dell'Ural, o l'acqua igienica della Neva, o la *colebiaka* d'erbaggi e di pesce, o qualche altro pasticcio russo-turco condito con vin di Cipro. Per dolci la Francia vi offre il palazzo di Fontainebleau e delle cattedrali gotiche di zucchero, e dei mazzi gustosissimi di rose e di violette, che sembran colte un'ora prima. Dopo il desinare, ricevete il caffè gratis dalla repubblica del Guatemala, se pure non preferite quello scelto e tritato dalle negre di Venezuela. E poi, per *rincette*, potete sorseggiare un *bitter* di nuova invenzione che vi porge una svizzera in costume di Berna all'ombra d'un chioschetto signorile; o andare nel chiosco olandese, dove tre belle frisone rosee, col casco dorato, vi fanno sentire il curasò o lo scidam; o arrischiarvi a gustare il liquor di fichi nel padiglione del Marocco, rallegrato dagli strimpellamenti di tre suonatori, uno dei quali pesa centonovanta chilogrammi a stomaco vuoto; o mettervi fra le labbra un sigaro di nuovo genere che invece d'un nuvoletto di fumo vi caccia in bocca un bicchierino di cognac. Ne avete abbastanza? Ma voi volete fumare. Ebbene, ci sono i sigari avvelenati della Repubblica d'Andorre, e la magnifica esposizione dei sigari di Cuba, d'ogni grandezza e di ogni forma, dorati, stemmati, odorosi,—veri lavoretti d'arte—profusi a miriadi,—davanti ai quali il fumatore italiano estenuato dai patimenti passa «sospirando e fremendo.» Tutta questa doppia galleria dei prodotti alimentari è ammirabile per varietà e per ricchezza. È un'architettura interminabile di bottiglie che s'alzano in torri, in scale a chiocciola, in gradinate multicolori e scintillanti; una moltitudine di tempietti splendidi d'oro e di cristalli, che potrebbero coprire delle statue di numi, e coprono dei porci salati; una magnificenza di teatrini, d'altari, di troni, di biblioteche, pieni di ghiottumi così graziosamente disposti e decorati, che il gran pittore delle *Halles* di Parigi ne potrebbe cavare un quadro meraviglioso per uno dei suoi romanzi avvenire.

Lo spettacolo più bello è quello che presenta la gente. A certe ore il recinto dell'Esposizione è più popolato di molte grandi città. I visitatori entrano per venti porte. I viali, i vestiboli, le gallerie, i passaggi traversali, e il labirinto infinito delle sale del campo di Marte, è tutto un brulicame nero, in cui c'è da fare a non perdersi. Specialmente nelle «sezioni estere», dove i venditori formano da sè soli una specie d'esposizione antropologica dilettevolissima, C'è un gran numero di belle ragazze inglesi che lavorano ai loro registri, intente e impassibili, in mezzo a quel via vai, come se fossero in casa propria. I Giapponesi,—vestiti all'europea,—chiaccherano rano e giocano, seduti intorno ai loro tavolini, allegri, forse con un po' d'ostentazione, per darsi l'aria di gente che si sente benissimo al suo posto nel cuore della civiltà occidentale; e infatti hanno già preso tanto l'aria di casa, che quasi nessuno li guarda. I Chinesi, invece, hanno sempre intorno un cerchio di curiosi, ai quali rivolgono di tratto in tratto uno sguardo sprezzante, che rivela, come un lampo, la superbia cocciuta della loro razza; e poi ripigliano la loro impassibilità di idoli, da cui li smuove soltanto la voce dei compratori. Si vedon dei mercanti orientali, in turbante, che strascicano le loro ciabatte in mezzo a tutte quelle meraviglie, guardando intorno oziosamente colla stessa stupida e irritante indifferenza che mostrerebbero nelle loro vecchie baracche di bazar. Tratto tratto se ne trovano tre o quattro estatici davanti a una faccia di cartapesta o a una marionetta che allarga le braccia. Ci son molti algerini: arabi, mori, negri. S'incontrano delle brigatelle di spahi, ravvolti nei loro grandi mantelli bianchi; ma non son più le faccie baldanzose del 1859. L'orgoglio del vecchio esercito d'Africa non brilla più nei loro grandi occhi neri. Come cambia i volti una guerra perduta! Qua e là si vede pure qualche faccia color di rame, e qualche vestimento arlecchinesco dei paesi confinanti colla China. Oltre a questo c'è una moltitudine immobile e muta di gente d'ogni paese, che produce una strana illusione. Ogni momento rasentate col gomito qualcuno, che vi pare una persona viva, ed è un grosso fantoccio colorito e vestito di tutto punto, che vi fa restare a bocca aperta. Ci sono dei selvaggi del Perù, degli indigeni d'Australia colle loro grandi capigliature, lanose, dei guerrieri medioevali, delle signore vestite in gala, dei soldati italiani, delle contadine di Danimarca, delle lavandaie malesi, delle guardie civili di Spagna, e annamiti e indiani e cafri e ottentotti, che vi si parano dinanzi improvvisamente, e vi fissano in volto i loro occhi trasognati, come fantasime. Lo spettacolo è ancora variato e rallegrato da un gran numero di signore che girano su poltrone a ruote o su carrozzine da bimbi, tirate davanti da un servitore, spinte per la spalliera dai mariti, fiancheggiate dai ragazzi; matrone poderose, le cui rotondità sporgono da tutte le parti fuori del piccolo veicolo, lunghissime zitelle inglesi che ci stanno tutte raggruppate, colle ginocchia aguzze all'altezza del mento; signoroni decrepiti che godono là, probabilmente, l'ultimo piacere della vita; vecchie patrizie paralitiche, e putti meravigliosamente biondi e rosati dei paesi nordici, che formano tutti insieme, in quel labirinto di vie fiancheggiate da case di vetro, una specie di corso in burletta, degno della matita del Cham. Nella Via delle nazioni, all'ombra delle capannette di paglia, molta gente fa colezione sulle ginocchia come per viaggio, e i bimbi vanno a prender acqua alle fontane del Giappone e dell'Italia; altri sgranocchiano pane e prosciutto camminando; delle coppie coniugali dormono saporitamente sui sedili in mezzo alla folla; e altre coppie, che hanno portato i loro amori all'Esposizione, si servono di due capannine avvicinate per farsi qualche carezza di contrabbando. È un divertimento poi, nelle sale, studiare i varii tipi dei visitatori. Ci sono i cavalli matti che scorazzano da tutte le parti senza vedere una maledetta, presi da una specie d'esaltazione febbrile, e i visitatori pazienti, che si son fatti un programma, che muovono un passo ogni quarto d'ora, che meditano sui cataloghi, che guardano, fiutano e discutono ogni menoma cosa, che impiegheranno probabilmente sei mesi a fare il giro di tutto il Campo di Marte. Tra gli espositori, si vedono i visi radianti dei fortunati, che hanno trovato là gloria e fortuna, e troneggiano sui loro banchi in mezzo alla folla dei curiosi e dei compratori; e i poveri diavoli trascurati, seduti nei loro cantucci solitarii, colla testa bassa e la faccia malinconica, che meditano sulle speranze perdute. Nelle ultime sale, i divani son tutti occupati dai visitatori spossati. Si vedono delle famiglie intere di buoni provinciali, sfiniti, sbalorditi, istupiditi; i papà tutti in acqua, le mamme che soffocano, le ragazze ingobbite, i piccini morti di sonno; proprio da farsi domandare:—Ma chi v'ha consigliato di venire all'Esposizione, disgraziati?—L'affollamento maggiore è sotto le grandi arcate delle Belle arti, e intorno al Padiglione della città di Parigi, che drizza i suoi sei frontoni imbandierati nel mezzo del Campo di Marte. Qui è il luogo di convegno dello «stato maggiore» dell'Esposizione. Qui fanno crocchio gli artisti e i commissarii di tutti i paesi, gli operai si radunano e si sciolgono, i critici tagliano l'aria coi gesti cattedratici, i giornalisti notano, i disegnatori schizzano, le discussioni fervono, i curiosi cercano i visi illustri, i nuovi arrivati si ritrovano, le «celebrità» dell'Esposizione passano fra le scappellate e gli inchini. Ecco qui monsieur Hardy, per esempio, l'architetto del Palazzo del Campo di Marte; ecco là monsieur Duval, direttore dei lavori idraulici, e i signori Bourdais e Davioud, architetti del Palazzo del Trocadero. E purchè abbiate una faccia un po' straordinaria, e due amici ai fianchi, che vi parlino in atto rispettoso, potete passare facilissimamente per un principe o per un re che visita l'Esposizione in stretto incognito, e sentirvi intorno, qua e là, un mormorio sommesso da vestibolo di Corte. C'è da cavarsi tutti i gusti, da soddisfare tutti i bisogni e da riparare a tutti gli accidenti. Potete telegrafare a casa, scrivere le vostre lettere, fare il bagno, prendere di tanto in tanto una scossetta elettrica, farvi pesare, portare, fotografare, profumare, curare; ci sono stazioni di pompieri, corpi di guardia, farmacie, infermerie: non manca che il camposanto. Ci son poi le ore fisse per lo studio e per le esperienze scientifiche, e allora i visitatori accorrono e s'affollano in quei dati punti. Qui, nella sezione francese, si comunicano al pubblico le opere della biblioteca del Corpo insegnante; più in là un professore spiega i modelli anatomici; nella sezione russa si fanno gli esperimenti del passaggio dell'aria a traverso i muri; un medico americano fa funzionare i mobili chirurgici; un dentista opera l'estrazione della carie con uno strumento a vapore. Si può andare ad assistere alla fabbricazione delle sigarette di Francia, a veder fare la carta dalla fabbrica Darblay, a vedere le esperienze della luce elettrica nel padiglione russo, o quelle del riscaldamento e dell'illuminazione nel parco del Campo di Marte. Altri vanno a vedere alla prova il telefono Bell, o l'apparecchio telegrafico che trasmette con un solo filo duecento cinquanta dispacci in un'ora, o il semaforo del nostro Pellegrino; oppure a leggere i vecchi processi per stregoneria esposti nel padiglione del Ministero degl'interni di Francia. Intanto dei maestri spiegano i nuovi metodi d'insegnamento, tutti gl'inventori di qualche cosa hanno il loro circolo di uditori, tutte le nuove macchinette sono in movimento, gli album colossali si aprono, le carte geografiche si spiegano, i mappamondi girano, mille strumenti suonano; da ogni parte c'è uno spettacolo, una scuola o una conferenza; l'Esposizione è diventata un enorme ateneo internazionale che ci dà per venti soldi tutto lo scibile umano.

Quella che attira più gente, a tutte le ore, è l'esposizione delle belle arti. Ma a me manca quasi il coraggio d'entrarvi. Mi conforta soltanto il pensiero di non aver da rendere che l'impressione confusa della prima visita. Sono diciassette pinacoteche in una successione di padiglioni che si estendono da un'estremità all'altra del Campo di Marte;—il mondo intero—qui si può dire propriamente,—il passato e il presente, le visioni dell'avvenire, le battaglie, le feste, i martirii, le grida d'angoscia e le risate pazze; tutta la grande commedia umana con l'infinita varietà delle scene tra cui si svolge, dalla reggia alla capanna, dai deserti di ghiaccio ai deserti di sabbia, dalle più sublimi altezze alle più arcane profondità della terra. Questa è la parte dell'Esposizione dove si ricevono le impressioni più vive. Quanti occhi rossi ho veduti, quante espressioni di pietà, di dolore, d'orrore, e quanti bei sorrisi di bei volti che mi rimasero nella memoria come un riflesso dei quadri! Il museo enorme s'apre colla esposizione della scultura di Francia, a cui seguono le sale dell'Inghilterra. Qui, a dirla schiettamente, di tutta quella pittura corretta, pallida, diafana, di colori limpidi, piena di pensieri delicati e di belle minuzie, ricordo soltanto quella splendida glorificazione della vecchiezza guerriera, dell'Herkomer, intitolata gl'*Invalidi di Chelsea*, dinanzi ai quali si chinerebbe la fronte in atto di venerazione; i *poveri di Londra*, di Luke Fildes, che m'hanno fatto sentire il freddo d'una notte di gennaio e l'angoscia della miseria senza tetto; e il *Daniele tra I leoni* di Briton Rivière, nel quale la tranquillità sublime dell'uomo in cospetto di quel gruppo di belve fameliche, ma affascinate, soggiogate, schiacciate da una forza sovrumana e invisibile, è resa con una potenza che mette in cuore lo sgomento misterioso del prodigio. Dinanzi a cento altri quadri, passo frettolosamente, spinto dall'impazienza di arrivare all'Italia, dove trovo una folla sorridente che amoreggia colle statue. Sento uno che brontola:—E dire che tutte queste cosettine ci vengono dalla patria di Michelangelo!—Ma tutti i visi intorno esprimono un sentimento d'ammirazione amorosa e serena. Davanti ai quadri del De Nittis, il pittore ardito e fine di Parigi e di Londra, c'è un gruppo di curiosi che si disputano lo spazio; e s'indovina dal movimento dei volti, dalla vivacità dei gesti, dalla concitazione dei dialoghi, quel cozzo forte di giudizi contrarii, da cui scaturiscono le scintille che vanno a formare le aureole. Un tale dice:—Belle pagine di giornale illustrato!—Ma l'aria dei *boulevards* si respira, l'umidità del Tamigi si sente, l'ora s'indovina, i visi si riconoscono, tutta quella vita si vive. Nell'altra sala guardo intorno se c'è il Pasini, per gridargli: —Salve, o *fratello del sole!*—Il suo forte e splendido Oriente è là, vagheggiato da cento occhi pensierosi. E vorrei vedere il Michetti, quel caro viso di scapigliato di genio, per stringergli la guancia tra l'indice e il pollice, e dirgli che adoro le gambine pazze delle sue bagnanti e l'azzurro favoloso della sua marina. Ed ecco finalmente Jenner. Qui osservo una cosa singolare. La gente che entra con un sorriso sulle labbra, si ferma e corruga la fronte. Tutti i visi, fuggitivamente, riflettono il viso intento e risoluto di Jenner, come se tutti, per un momento, si sentissero nelle mani la lancetta benefica del dottore e il braccio renitente del bambino; e tutti pensano, e nessuno parla, e chi s'è già allontanato, o si sofferma o ritorna, come tirato indietro a forza dal filo tenace d'un pensiero. Che cara soddisfazione! E ne provo un'altra subito nella sala vicina incontrando il viso onesto e benevolo del Monteverde il quale mi accompagna fino alla frontiera d'Italia. E di là vo innanzi nelle sale della pittura straniera, dove il cielo si rannuvola e l'aria si raffredda. La Svezia e la Norvegia hanno dipinto i loro crepuscoli melanconici, mattinate grigie di autunno, chiarori strani di luna su mari strani, e pescatori e naufragi in cui si mostra maggiore dell'arte l'amore dolce e profondo della patria, colorato d'un sentimento di tristezza virile: centocinquanta quadri dominati tutti dai «Soldati svedesi che portano il cadavere di re Carlo XII» giù per la china d'una via solitaria, nella neve, sanguinosi, tristi, superbi; bel quadro semplice e solenne dell'Oederstrom, concepito da un'anima di poeta e sentito da un cuor di soldato. Seguono gli Stati Uniti. Il colosso dalle cento teste ha ancora la sua grossa mano di lavoratore un po' restìa al pennello. Io non ricordo che la risata della bella donna dell'Hamilton, e le faccie buffe dei ridacchioni del Brown. Il più degli altri quadri tradiscono i pittori scappati di casa, che hanno rifatta la pelle a Parigi, a Dusseldorf, a Monaco, a Roma,—e preso il colore—ma dilavato—della nuova patria. E subito dopo, la Francia… che ha messo il mondo a soqquadro. La storia, la leggenda, la mitologia, il cristianesimo, l'epopea napoleonica e la vita mondana, il ritratto, la miniatura e il quadro smisurato; l'audacia pazza e la pedanteria fradicia; c'è ogni cosa; ma sopra tutto una ricchezza grande d'invenzione e di pensiero, che rivela l'aiuto potente d'una letteratura immaginosa e popolare, d'un sentimento drammatico vivo e diffuso, e della vita varia, piena, appassionata, tumultuosa d'una metropoli enorme. Nelle prime sale intravvedo i quadri sentimentali, leccati, del Bouguerau. Il Dorè v'ha messo una delle sue mille visioni d'un mondo arcano, in cui si riconosce appena qualche forma vaga di cose e di creature terrene. Poi vien la storia dotta e severa d'Albert Maignan, e quella immaginosa, confusa, vista come a traverso il velo d'un sogno, in una grande lontananza di spazio e di tempo, dell'Isabey. In un'altra sala si drizza davanti a Massimiano Ercole il fantasma spaventoso di San Sebastiano, del Boulanger, e il Moreau affatica e tormenta le fantasie coi suoi sogni biblici e mitologici pieni di terrori, d'illusioni e d'enimmi, che restano conflitti nella memoria come le formule misteriose e sinistre di uno scongiuro. Poi si succedono i ritratti pieni di vita e di forza. Il Dubufe presenta Emilio Augier, il Gounod, il Dumas; il Durand presenta il Girardin; il Perrin espone il Daudet; e il Thiers rivive gloriosamente nella tela del Bonnat, davanti a cui si accalca la folla. Un'altra folla silenziosa e immobile annunzia nella medesima sala le miniature meravigliose del Meissonnier. Più in là sorridono le patrizie eleganti del Cabanel, e il Laurens strappa un sospiro presentando insieme, nel suo nobilissimo Marceau, la bellezza, l'eroismo e la morte. Andando innanzi, trovo quella meravigliosa curvatura di schiene che ha fatto sorridere il mondo: l'*Eminence grise* del Gerôme; e il giustiziere formidabile del povero Henri Regnault:

quadro splendido e triste, che serve di coperchio a un sepolcro. E in fine le gigantesche e tragiche tele di Benjamin Constant: Respha che respinge l'avoltoio dal patibolo dei figli di Saul e Maometto II che irrompe in Costantinopoli fra le rovine e la morte; nella stessa sala, dove lo schiavo avvelenato del Sylvestre agonizza sotto gli occhi di Nerone impassibile, e il Davide del Ferrier solleva la testa mostruosa del gigante. E in fondo strepita e ride il grande baccanale del Duval. Di là si esce affaticati e confusi, come dalla rappresentazione d'una tragedia dello Shakespeare, e s'entra fra i vasti quadri storici dell'Austria-Ungheria, splendidi d'armi, d'oro e di sete, e in mezzo ai grandi ritratti alla Velasquez e alla Van Dyck, che danno al luogo l'aspetto grave e magnifico d'una reggia. Qui vorrei baciare in fronte il Munkacsy, che dipinse quella divina testa del Milton, e gridare un viva sonoro davanti all'enorme, splendida, tumultuosa, temeraria tela del Makart, tutta irradiata dal viso bianco di Carlo V, su cui brilla un pensiero vasto come il suo regno, e un'espressione indimenticabile di grazia giovanile e di maestà serena, che ci fa aggiungere un applauso al clamore del suo trionfo. Ed ecco Don Chisciotte, le *manolas*, i *majos*, i ritratti graziosi del Madrazo e la *Lucrezia romana* del Plasencia, in cui guizza un lampo degli ardimenti del Goya. Ma c'è una parete dinanzi alla quale il cuore si stringe. Povero e caro Fortuny, bel fiore di Siviglia sbocciato al sole di Roma! I suoi capolavori son là, caldi, luminosi, pieni di riso e di vita, divorati cogli occhi da una folla commossa, ed egli è sotterra. E così il povero Zamoïcis non può più venir a godere del trionfo delle sue belle scene di monaci e di pazzi, come nelle sale austriache non può più affacciarsi il Cermak per veder scintillare e inumidirsi mille occhi davanti al suo glorioso Montenegrino ferito. Quanti cari e nobili artisti mancano alla festa! Lo sguardo li cerca ancora tra la folla mentre il pensiero corre ai cimiteri lontani, e i loro quadri spandono intorno la tristezza dell'ultimo addio. Delle sale successive non conservo che una reminiscenza vaga di mari in tempesta, di steppe illuminate dalla luna, di tramonti solenni sopra immense solitudini di neve, e paesaggi tristi di Finlandia e d'Ukrania, fra cui m'appariscono confusamente i volti minacciosi d'Ivan il Terribile e di Pietro il Grande, e i cadaveri insanguinati dei martiri bulgari. Qui l'arte pare che riposi un poco per rialzarsi più vigorosa e più ardita. E si rialza infatti nel Belgio, ricca, ispirata, improntata d'un carattere proprio, nudrita di forti studi e di tradizioni gloriose. A. Stevens e il Villems espongono i loro quadri di costumi, mirabili di grazia e di colorito, e I. Stevens i suoi cani inimitabili; il Wauters o il Cluysenaar superano trionfalmente gli alti pericoli del quadro storico e le difficoltà delicate del ritratto; e altri cento artisti gareggiano con una varietà stupenda di paesaggi pieni di poesia, di marine melanconiche, di teste adorabili di fanciulli, di scherzi arguti, di fantasie gentili, che sollevano la mente ed allargano il cuore. Poi il Portogallo e la Grecia; grandi nomi, piccole cose. Eppure ci son dei quadretti trascurati e spregiati, che lasciano un'impressione indelebile, come la madre megarese del Rallis, quella povera moglie di pescatore seduta nella sua povera stanza, che tien le mani incrocicchiate e gli occhi fissi sopra una culla vuota, fatta di quattro tavole rozze, in atto di dire;—Non c'è più!—mentre i pannilini ancora freschi fanno comprendere che l'han portato via poco prima, e su quella desolazione scende per la finestra aperta il raggio allegro dell'alba che lo svegliava ogni giorno: espressione manchevole forse, ma d'un sentimento sublime, che mette nel petto il tremito d'un singhiozzo. Dopo la Grecia vien la pittura facile e fresca della Svizzera, svariata di cento stili; immagine vera d'un paese di cento pezzi e d'una famiglia d'artisti vaganti alla ricerca d'un ideale, d'una scuola, d'un centro di sentimenti e di idee; che frammischiano alla loro *patria dal rozzo fianco*, alle cascate, alle gole, ai ghiacciai, agli uragani delle Alpi, le rive ridenti di Sorrento, le architetture arabescate del Cairo, le solitudini ardenti della Siria, la campagna desolata di Roma, e ogni sorta di ricordi della loro vita varia e avventurosa; somigliante a quella degli avi loro, che vestirono la divisa di tutti i principi e versarono sangue per tutte le bandiere, Alla Svizzera tien dietro la Danimarca, che ricorda al mondo le sue glorie guerriere, colla battaglia d'Isted, del Sonne, e colla battaglia navale di Lemern, del Mastrand. Ma è bello, è commovente il veder passare tutti questi popoli, ognuno dei quali mostra con amore e con alterezza i suoi soldati, i suoi re, le suo belle donne, i suoi bimbi, le sue cattedrali, le sue montagne. L'impulso di simpatia che non si sentirebbe per ciascuno, visto a parte, si sente per tutti, vedendoli insieme; e il cuore risponde e acconsente a tutti quei palpiti d'amor di patria con un'espansione d'affetto che abbraccia il mondo. Gli altri quadri danesi son paesaggi che rendono effetti pallidi di sole sopra campagne nevose, su parchi e su castelli feudali, e su grandi boschi, e scene intime di costumi, sentite ingenuamente e rese con fedeltà scrupolosa, che lasciano nella memoria mille immagini di volti, di atteggiamenti, di oggetti, di faccende, come farebbe il soggiorno d'un mese in Danimarca. E di qui riesco, quasi senza avvedermene, nelle sale dell'Olanda, dinanzi a una pittura che par velata dai vapori delle grandi pianure allagate, e vedo infatti vagamente, come a traverso un velo, i poveri e gli infermi dell'Israels, il pittore della sventura; le belle marine del Mesdag, i *polders* del Gabriel, i gatti di Enrichetta Ronner, e cento altri quadri grigi, foschi, umidi, di cattivo umore, fra i quali cerco inutilmente un raggio della luce miracolosa del Rembrandt o un riflesso del grande riso irresistibile dello Steen. Ultima è la vasta sala della Germania, magnifica e triste, nella quale si avverte, appena entrati, il vuoto enorme lasciato dal Kaulbach. Ma è una pittura poderosa, ringiovanita a tutte le sorgenti vive, fortificata di larghi studi, varia, ardita, virile, piena di sentimento, finissima d'osservazione e d'intenti, che desta un'ammirazione pensierosa e scuote il cuore nelle sue più intime fibre. Non scorderò mai più, certo, nè le teste vive e parlanti dello Knaus, nè l'officina ardente del Menzel, nè i superbi cosacchi del Brandt, nè la profonda tristezza del *Battesimo* dell'Hoff, nè il comicissimo riso dei soldati e delle nutrici del Werner, nè la madre e il padre ammirabili dell'Hildebrand che interrogano il volto smorto del bimbo infermo sgomentati da un presentimento tremendo. E con questa tristezza nel cuore, esco dall'Esposizione delle Belle Arti. Ma mi venne un altro pensiero, appena fui fuori. Mi si affacciarono alla mente i mille artisti di cui avevo visto le opere, sconosciuti e famosi, giovani che mandaron là la loro prima ispirazione e vecchi che ci lasciarono l'ultima; li vidi sparsi per tutto il mondo, nei loro studi pieni di luce, aperti sulle campagne solitarie, sui giardini, sul mare e sulle vie rumorose; e pensai quanta vita avevano versato fra tutti in quelle cento sale ch'io avevo attraversate di corsa, quanta parte dell'anima loro c'era in quelle tele e in quei marmi innumerevoli, quante ispirazioni d'amanti e di spose, quante veglie, quante meditazioni, quanti pennelli spezzati, quanto sangue di cuori trafitti, quante reminiscenze d'avventure e di pellegrinazioni lontane, che vasta epopea d'amori, di dolori, di trionfi e di miserie; e quanti eran già calati nel sepolcro, consunti dalla febbre tremenda dell'arte, e quanti altri vi sarebbero discesi ancor giovani e pieni di speranze; e che immenso tesoro d'immagini di sentimenti e di idee portavan via da quel luogo milioni di visitatori di tutta la terra; e pensando a queste cose, collo sguardo rivolto a quella lunga fila di padiglioni, mi sentii compreso improvvisamente d'un sentimento di affetto e di gratitudine così vivo, che se in quel momento mi passava a tiro un pittore, il primo venuto, gli saltavo al collo com'è vero il sole.

L'ultima sala delle belle arti mette nella galleria del lavoro. Non si può immaginare un più strano cambiamento di scena. Qui tutto è agitazione e strepito. Si vedono le piccole industrie all'opera. C'è un gran numero di banchi circolari e quadrati, che servono insieme d'officina e di bottega, dove lavorano continuamente uomini, donne e ragazzi, in mezzo a una folla di curiosi, che formano una catena non interrotta di grandi anelli neri mobilissimi da una estremità all'altra dell'immensa sala. Qui si lavora l'oro, la tartaruga, l'avorio, la madreperla, si fabbricano gli oggetti di filigrana, si fanno i ventagli, le spazzole, i portamonete, gli orologi. C'è, fra gli altri, un gruppo d'operaie che fabbricano le bambole con una rapidità di prestigiatrici, e altre che fanno i fiori di stoffa, di smalto, di penne d'uccelli del tropico, con una sveltezza ed un garbo, che par di vederli sbocciare fra le loro dita. In altre parti si tesse la seta, si dipinge la porcellana, si lavora il rame, si fa la guttaperca, si fabbricano le pipe di schiuma. In un angolo si vedono le pazienti manine normanne lavorare la trina. Nel mezzo della sala si taglia il diamante. Qui piovono i biglietti di visita, là le spille, più in là i bottoni; da una parte si fanno le treccie e i *chignons*, dall'altra i canestrini e le scatolette di paglia. Un gruppo d'indiani, col capo coperto di enormi turbanti variopinti, lavorano agli scialli. È una lunghissima fila di piccoli fornelli, di macchinette vibranti, di fiammelle di gaz, di teste chine, di mani in moto, di gente che interroga e di gente che spiega; un chiacchierio, un affaccendamento allegro, un lavorio accelerato e sonoro, che mette la smania di far qualche cosa. E la vôlta altissima ripercuote rumorosamente i sibili acuti che paiono grida di gioia infantile, il picchiettio cadenzato di cento martelli, lo stridore delle lime e delle seghe e mille tintinni cristallini e metallici, e il ronzìo sordo della moltitudine che passa a processioni, a turbe, a gruppi, come un esercito sbandato, per riversarsi nei giardini esterni o nelle gallerie delle macchine.

Qui lo spettacolo è degno d'un'ode di Vittor Hugo. Sul primo momento par di essere sotto una delle immense tettoie arcate delle stazioni di Londra. Son due gallerie lunghe come il Campo di Marte, larghe novanta uomini di fronte, e piene di luce, nelle quali mille macchine enormi, un esercito di ciclopi di metallo, minacciosi e splendidi, alzano le teste, le braccia, le mazze, le lame, fitte e intricate, fino alle vôlte altissime, producendo il fragore d'una battaglia. Una immensa trasformazione di cose si compie da tutte le parti. Il foglio di carta esce in buste da lettera, lo spago in corde, il bronzo in medaglie, il filo di ottone in spille, il filo di lana in calze, il pezzo di legno in frammenti di mobili; la ricamatrice svizzera ricama con trecento aghi, il papirografo inglese riproduce trecento esemplari d'un manoscritto, la macchina dei saponi taglia i cubi, gl'involta e li pesa; la macchina del Marinoni mette fuori i giornali piegati; le gigantesche filatrici di Birmingham e di Manchester lavorano accanto alle macchine d'estrazione delle miniere; la grande macchina da ghiaccio getta il suo furioso soffio gelato in mezzo agli aliti di fuoco delle macchine da gaz; altre lavorano i diamanti, altre lacerano e torcono il metallo come una pasta, altre lavano, raffinano, travasano, disegnano, dipingono, scrivono; in ogni parte freme una vita meravigliosa ed orribile di mostri di cento bocche e di cento mani, che irrita i nervi, introna le orecchie e confonde l'immaginazione. Qua e là si vede la materia informe sparire nel ventre tenebroso di quei colossi, riapparire in alto, dopo qualche momento, già mezzo lavorata, e come portata in trionfo, e poi rinascondersi, ricacciata giù sdegnosamente a subire le ultime violenze.... Qui lavorano delle braccia di gigante, là delle dita di fata. In una parte il lavoro si presenta sotto l'aspetto d'una distruzione furiosa, fra denti enormi di ferro e artigli d'acciaio, che stritolano e sbranano con un fracasso d'inferno, in cui si sente un suono confuso di lamenti umani; in mezzo a un roteggio intricato, vertiginoso, feroce, che sbricciolerebbe un titano come un gingillo di vetro. In un'altra parte il mostro mansueto accarezza la materia prigioniera, la palleggia, la lambisce, la liscia, delicatamente, lentamente, in silenzio, come se facesse per gioco. Altre macchine colossali, come quelle da maglie, fanno movimenti strani e misteriosi, d'apparenza quasi umana, con una certa grazia languida d'ondulazioni femminee; che ispirano un senso inesplicabile di ripugnanza, come se fossero esseri viventi dei quali non sì riuscisse ad afferrare la forma. Fra le grandi membra di tutti questi lavoratori smisurati, s'agita come una vita segreta un indescrivibile lavorio di rotine che sembrano immobili, di seghe che paion fili, di congegni delicatissimi e quasi invisibili, che vibrano, tremano, trepidano, e ingigantiscono ancora, col paragone della loro umile piccolezza, le ruote enormi, le cerniere colossali, le caldaie titaniche, le correggie spropositate, le gru, gli stantuffi, i tubi mostruosi, che si slanciano in alto come colonne monumentali, e si succedono in una fila senza fine, presentando l'aspetto di non so che bizzarra e deforme città di metallo, in cui si dibatta fra le catene una legione di dannati o di pazzi. Ma anche l'uomo lavora; un gran numero di donne cuciscono colle macchinette; intorno alle grandi macchine vigilano degli operai, e meccanici e artefici di tutti i paesi, vestiti trascuratamente, osservano, notano, si caccian per tutto, fra gli stantuffi e le ruote, a rischio della vita; fra i quali si vedono qua e là delle faccie scarne e pallide, ma piene di vita, su cui lampeggia una volontà di ferro e un'ambizione implacabile. Chi sa! operai oscuri oggi, forse inventori gloriosi domani. Tutta l'enorme galleria è piena dell'immenso affanno del lavoro. E sulle prime quell'agitazione affatica e rattrista. Ma a poco a poco, facendovi l'udito e fermandovi il pensiero, in quel fragore pauroso di fischi, di sbuffi, di scoppii, di scricchiolamenti, di gemiti e d'ululati, si sente la voce profonda delle moltitudini, le grida eccitatrici della lotta e l'urrà formidabile della vittoria umana. L'uomo che, entrando, s'era sentito schiacciato, riacquista la coscienza di sè, e contempla quell'immensa forza, suscitata e disciplinata dal suo pensiero, con un fremito d'alterezza, in cui tutto l'essere suo si rinvigorisce e s'innalza. E quello smisurato arsenale di armi pacifiche, le bandiere grandi come vele di nave che spenzolano dalla vôlta, gonfiate dall'aria commossa dalle ruote innumerevoli, quei monumenti selvaggi di cordami e di reti, le piramidi delle zappe che servirono a dissodare i deserti del nuovo emisfero, i trofei degli strumenti per la pesca dei grandi cetacei dei mari polari, i tronchi giganteschi delle foreste vergini, le armature colossali dei palombari, le torri di merci, e i fari giranti tra i nuvoli di fumo, i getti d'acqua e le pioggie vaporose delle macchine a vapore, questo maestoso e terribile spettacolo, salutato dalle detonazioni delle macchine da gaz, dagli squilli delle trombe marine e dalle note solenni degli organi lontani, che portano in quell'inferno la poesia della speranza e della preghiera, a poco a poco s'impadronisce di voi, vi fa vibrare tutte le facoltà dello spirito, vi fa scattare tutte le molle dell'operosità e del coraggio, vi accende nel cuore la febbre della battaglia, e vi fa uscire di là colla mente piena di disegni audaci e di risoluzioni gloriose.

Dalla galleria delle macchine francesi si viene in un lunghissimo viale tutto vermiglio di rose, e di là…. Ma non c'è un lettore ragionevole il quale pretenda da me la descrizione dei così detti «annessi» del palazzo del Campo di Marte; che formano essi soli una seconda Esposizione universale. Sono due miglia di giardini, d'orti, di tettoie, di padiglioni, di case rustiche, in cui ricomincia la serie dei musei e delle officine; e c'è da girar per un mese. Qui si trattengono soltanto gli «specialisti.» La maggior parte dei visitatori non ci va che per rinfrescarsi la testa all'aria libera. Ma là c'è da farsi un concetto di quel che costò la costruzione di quella gran città passeggiera, e di quello che costa continuamente il farla vivere. È una cosa che sgomenta davvero. Bisogna considerare prima il grande lavoro del livellamento, per il quale si smossero o si trasportarono cinquecentomila metri cubi di terra; rappresentarsi l'enorme trincea che serpeggia sotto il palazzo del Campo di Marte, e distribuisce in sedici grandi correnti l'aria addensata dai venditori; abbracciare col pensiero l'azione poderosa dei grandi «generatori» che provvedono il vapore alle macchine motrici; il lavoro titanico delle trenta macchine motrici che trasmettono la vita a tutte le macchine dell'Esposizione; il movimento continuo delle formidabili trombe aspiranti che assorbono dei torrenti dalla Senna e li rispandono, per un labirinto di canali e di serbatoi sotterranei, ai condotti del Campo di Marte, ai bacini, alle fontane, agli acquarii, agli ascensori delle torri, alla cascata del Trocadero; rappresentarsi la rete infinita di strade ferrate che coprì quello spazio durante i lavori di costruzione, e le macchine innumerevoli che aiutarono le braccia dell'uomo al collocamento delle cose enormi; poi richiamare alla mente il lavoro immenso e febbrile dell'ultimo mese, un esercito d'operai d'ogni paese, formicolanti sull'orlo dei tetti, sulla sommità delle cupole, nelle profondità della terra, sospesi alle corde, ritti sulle impalcature vertiginose, a gruppi, a catene, a sciami, di giorno, di notte, al lume delle fiaccole, al bagliore della luce elettrica, in mezzo a nuvoli di polvere e di vapori, sollecitati da mille voci in cento lingue, in mezzo al frastuono d'un mare in tempesta e ai fremiti d'impazienza del mondo,— e infine ricordarsi che ne uscì quasi inaspettatamente quel meraviglioso *caravanserai* di cento popoli, pieno di tesori, di vegetazione e di vita,—e che ventiquattro mesi prima non c'era là che un deserto;—allora non si frena più quel sentimento d'ammirazione che, al primo entrare, era stato turbato da un effetto spiacevole d'apparenza.

Ma questo grande spettacolo bisogna vederlo la sera dalle alte gallerie del Trocadero. Lassù, abbracciando con uno sguardo solo, come dalla cima d'un monte, quella vastissima spianata piena di memorie, che vide le feste simboliche della Rivoluzione e sentì gli urrà degli eserciti di Marengo e di Waterloo; quel palazzo enorme e magnifico, su cui sventolano tutte le bandiere della terra; il grande fiume, i vasti parchi, i mille tetti, i cento torrenti umani che serpeggiano nel recinto immenso, inondato dalla luce dorata e calda del tramonto; la mente si apre a mille nuovi pensieri. Si pensa ai milioni di creature umane che lavorarono per riempire quello sterminato museo, dagli artisti gloriosi nel mondo ai lavoratori solitarii e sconosciuti dei tugurii; alle mille cose là raccolte, su cui è caduta la lacrima dell'operaia e stillato il sudore del forzato; ai tesori conquistati a prezzo di vite innumerevoli; alle vittorie conseguite dal lavoro accumulato di dieci generazioni; alle ricchezze dei re, ai quaderni dei bimbi, alle sculture informi degli schiavi, confusi tutti, sotto quelle vôlte, in una specie di santa eguaglianza al cospetto del mondo; ai viaggi favolosi che fecero quei lavori e quei prodotti, calati sulle slitte dalle montagne, portati dalle carovane a traverso alle foreste e ai deserti, cavati dal fondo del mare e dalle viscere della terra, trasportati per i fiumi immensi e fra le tempeste degli oceani, come a un sacro pellegrinaggio; alle mille speranze che li accompagnarono, alle mille ambizioni che vi si fondano, alle idee infinite che scaturiranno dai confronti, ai nuovi ardimenti che nasceranno dai trionfi, ai racconti favolosi che si ripeteranno fin sotto le capanne delle più remote colonie; e finalmente che, grazie a tutto ciò, mille mani che non si sarebbero mai incontrate, si strinsero; che per un tempo molti odii, come in virtù d'una tregua di Dio, si quetarono; che milioni d'uomini, accorsi qui, si rispanderanno per tutta la terra portando un tesoro di nomi cari, prima ignorati, di nuove ammirazioni, di nuove simpatie, di nuove sperante, e un sentimento più grande e più potente dell'amor di patria. Si pensano queste cose e si applaude senza dubbio, in quei momenti, con più vivo entusiasmo all'Esposizione; ma più che all'Esposizione si benedice a questa augusta legge, a questo immortale e santo affanno: il Lavoro. E si vorrebbe vederlo, come un nume, simboleggiato in una statua smisurata e splendida, che avesse i piedi nelle viscere del globo e la testa più alta delle montagne, e dirgli:—Gloria a te, secondo creatore della terra, Signore formidabile e dolce. Noi consacriamo a te il vigore della gioventù, la tenacia dell'età virile, la saggezza della vecchiaia, il nostro entusiasmo, le nostre speranze, il nostro sangue; e tu tempera i dolori, fortifica gli affetti, rasserena le anime, prodiga le sante alterezze, dispensa i riposi fecondi, affratella gli uomini, pacifica il mondo, sublime amico e divino Consolatore!

VITTOR HUGO

CAPITOLO I

V'è uno scrittore, in Francia, salito in questi ultimi anni a un tal grado di gloria e di potenza che nessun'ambizione letteraria può aver mai sognato d'arrivare più alto. Egli è, per consenso quasi universale, il primo poeta vivente d'Europa. Ha quasi ottant'anni: è nato il secondo anno del secolo. *Le siècle avait deux ans.* Era già celebre cinquant'anni sono, quando Alessandro Dumas diceva ai suoi amici, parlando di lui:—*Nous sommes tous flambés*—e non aveva, inteso che il dramma *Marion Delorme.* Il suo nome e le sue opere sono sparsi per tutta la terra. D'un nuovo suo libro spariscono centomila esemplari in pochi giorni. I suoi lavori giovanili sono ancora ricercati oggi come quando annunziarono per la prima volta il suo nome all'Europa. Tutti i suoi cinquanta volumi sono pieni di gioventù e di vita come se fossero venuti alla luce, tutti insieme, pochi anni sono. La vita di quest'uomo è stata una guerra continua; una guerra letteraria, prima, bandita dal teatro; una guerra politica, dopo, rotta nelle assemblee e proseguita in esilio: l'una contro il classicismo, l'altra contro un'imperatore; tutt'e due vinte da lui. Nessun altro scrittore del suo tempo fu più di lui combattuto, e nessun altro sedette, vecchio, sopra un più alto piedestallo di spoglie nemiche. Falangi d'avversarii furiosi gli attraversarono la strada;—egli passò—e quelli disparvero. I suoi grandi rivali discesero l'un dopo l'altro nel sepolcro, sotto i suoi occhi. Una serie di sventure tragiche disperse la sua famiglia: tutti i rami della quercia caddero l'un sull'altro fulminati; il vecchio tronco rimase saldo ed immobile. Egli passò per tutte le prove: fu povero, fu perseguitato, fu proscritto,—solo—vagabondo—vituperato—deriso; ma continuò impassibilmente, con una ostinazione meravigliosa, il suo enorme lavoro. In tempi in cui pareva finito, si rialzò tutt'a un tratto, trasfigurato, con opere piene di nuove forze e di nuove, promesse. Su tutte le vie della letteratura mise l'impronta dei suoi passi giganteschi. Non tentò, assalì tutti i campi dell'arte, e v'irruppe tempestando, rovesciando, sfracellando, lasciando da ogni parte le traccie di una battaglia. Alla tribuna, nel teatro, in tribunale, in patria, in esilio, nella poesia e nella critica, giovane e settuagenario, fu sempre ad un modo, audace, ostinato, sfrenato, provocatore, rude, furioso, selvaggio. E suscitò degli eserciti di nemici, ma si trascinò dietro degli eserciti. Una legione di scrittori fanatici e devoti gli si strinse e gli si stringe intorno, e combatte in sua difesa e nel suo nome. Mille ingegni eletti, in varii tempi, non brillarono d'altra luce che del riflesso del suo genio; altri, attratti nella sua orbita, sparirono nel suo seno; altri s'affaticarono inutilmente, tutta la vita, per levarsi dalla fronte l'impronta ch'egli v'aveva stampata. La pittura, la scultura e la musica s'impadronirono delle creazioni della sua mente, e le resero popolari, per la seconda volta, in tutti i paesi civili. Una ricchezza enorme d'immagini, di sentenze, di traslati, di modi, di forme nuove dell'arte, profusa da lui, circola, vive e fruttifica in tutte le letterature d'Europa. Egli è da mezzo secolo argomento continuo di discussioni ardenti e feconde. Quasi tutte le nuove questioni letterarie o hanno radice nelle sue opere o vi girano intorno forzatamente, ed egli presiede, innominato e invisibile, a tutte le contese. Ma ora le contese, per quello che riguarda lui, almeno in Francia, sono quasi affatto cessate. La sua età, le sue sventure, la sua immensa fama, la vitalità poderosa delle sue opere, rinvigorita da recenti trionfi, la popolarità grande del suo nome tenuta viva continuamente dalla sua parola e dalla sua presenza, lo hanno messo quasi al di fuori e al di sopra della critica. I suoi più acerrimi nemici letterarii d'un tempo tacciono; i suoi più accaniti avversarii politici saettano il repubblicano, ma rispettano il poeta, come una gloria della Francia. Chi non lo riconosce come poeta drammatico, lo ammette come romanziere; chi lo respinge come romanziere, lo adora come poeta lirico; altri che detestano il suo gusto letterario, accettano le sue idee; altri che combattono le sue idee, sono entusiasmati della sua forma; chi non ammira nessuna delle sue opere partitamente, ammira ed esalta la vastità grandiosa dell'edifizio che formano tutte insieme: nessuno gli contesta il genio; nessuno, parlandone cogli stranieri, si mostra incurante od ostile all'omaggio che gli vien reso; e anche chi l'odia, ne è altero. Oltre a ciò, l'aura politica del momento gli è favorevole. Egli è un poeta popolare e un tribuno vittorioso, e porta sulla corona d'alloro come un'aureola sacra di genio tutelare della patria. È arrivato a quel punto culminante della gloria, oltre il quale non si può più salire che morendo. La sua casa è come una reggia. Scrittori ed artisti di tutti i paesi, principi ed operai, donne e giovanetti, entusiasti ardenti, vanno a visitarlo. Ogni sua apparizione in pubblico è un trionfo. La sua immagine è da per tutto, il suo nome suona ad ogni proposito. Si parla già di lui come d'una gloria consacrata dai secoli, e gli si prodigan già quelle lodi smisurate e solenni che non si concedono che ai morti. Ed egli è ancora pieno di vita, di forza, d'idee, di disegni, ed annunzia ogni momento la pubblicazione d'un'opera nuova. Ecco l'uomo di cui intendo di scrivere oggi. Dopo l'Esposizione universale, Vittor Hugo. Un argomento val l'altro, mi pare.

CAPITOLO II

Io credo, esprimendo quello che penso di Vittor Hugo, d'esprimere presso a poco quello che ne pensano tutti i giovani del mio tempo. Non c'è nessuno di noi, certamente, che non si ricordi dei giorni in cui divorò, giovanetto, i primi volumi dell'Hugo che gli caddero fra le mani. È stata senza dubbio per tutti una emozione nuova, profonda, confusa, indimenticabile. Tutti ci siamo, domandati tratto tratto, interrompendo la lettura:—Che uomo è costui?—Nello stesso tempo dolce e tremendo, fantastico e profondo, insensato e sublime, egli mette accanto a una stramberia rettorica che rivolta, la rivelazione d'una grande verità che fa dare un grido di stupore. Colla stessa potenza ci fa sentire la dolcezza del bacio di due amanti e l'orrore di un delitto. È ingenuo come un fanciullo, è truce come un uomo di sangue, è affettuoso come una donna, è mistico come un profeta, è violento come un oratore della Convenzione, è triste come un uomo senz'affetti e senza speranze. In cento pagine ci mostra cento faccie. Egli sa esprimere tutto: sensazioni vaghe dell'infanzia, su cui s'era mille volte tormentato invano il nostro pensiero; i primi inesplicabili turbamenti amorosi della pubertà, le lotte più intime del cuore della fanciulla e della coscienza dell'assassino; profondità segrete dell'anima, che sentivamo in noi, ma in cui l'occhio della nostra mente non era mai penetrato; sfumature di sentimenti che credevamo ribelli al linguaggio umano. Egli abbraccia colla mente tutto l'universo. Ha, se si può dire, due anime che spaziano contemporaneamente in due mondi, e ogni opera sua porta l'impronta di questa sua doppia natura. Chi non ha fatto mille volte quest'osservazione? In alto v'è quel suo eterno *ciel bleu* che ricorre ad ogni pagina, i firmamenti mille volte percorsi, gli astri continuamente invocati, gli angeli, le aurore, gli oceani di luce, mille sogni e mille visioni della vita futura, un mondo tutto ideale, in cui egli si sprofonda come un estatico, trasportando con sè il lettore abbarbagliato e stordito; e sotto, dei mari neri e tempestosi, tenebre su tenebre, la sua eterna *ombre*, i suoi *abîmes*, i suoi *gouffres*, il bagno, la cloaca, la corte dei miracoli, il carnefice, il rospo, la putredine, la deformità, la miseria, tutto quanto v'ha di più orribile e di più immondo sopra la terra. Il campo della sua creazione non ha confini. Ravvicinate Cosetta e Lucrezia Borgia, Rolando della *Leggenda dei secoli* e Quasimodo, Dea e Maria Tudor, Gavroche e Carlo V, le sue vergini morte a quindici anni, i suoi galeotti, i suoi sultani, le sue guardie imperiali, i suoi pezzenti, i suoi frati, e vi parrà d'aver dinanzi l'opera non d'un solo, ma d'una legione di poeti. Riandate rapidamente tutte le sue creazioni: esse lasciano l'impressione d'un'enorme epopea di frammenti, che risale da Caino a Napoleone il grande, e una memoria confusa di amori divini, di lotte titaniche, di miserie inaudite, di morti orrende, viste come a traverso a una bruma paurosa, rotta qua e là da torrenti di luce, in cui formicola una miriade di personaggi metà creature reali e metà fantasmi, che sconvolgono l'immaginazione, Tutte le opere sue son come colorate dal riflesso d'una vita arcana ch'egli abbia vissuta, altre volte, in un mondo arcano, al quale par che alluda vagamente ad ogni pagina, e alle cui porte s'affaccia continuamente, impaziente dei confini che gli sono assegnati sulla terra, Una fantasmagoria immensa di cose ignote all'umanità par che lo tormenti di continuo, come una visione febbrile. Tutto quello che v'è di più strano e di più oscuro sul limite che separa il mondo reale dal mondo dei sogni, egli lo cerca, lo studia e lo fa suo. I re favolosi dell'Asia, le superstizioni di tutti i secoli, le leggende più bizzarre di tutti i paesi, i paesaggi più tetri della terra, i mostri più orribili del mare, i fenomeni più spaventosi della natura, le agonie più tragiche, tutte le stregonerie, tutti i delirii, tutte le allucinazioni della mente umana sono passate per la sua penna. Egli vede tutto per non so che prisma meraviglioso; a traverso il quale, per contro, il lettore vede sempre lui. In fondo a tutte le sue scene e dietro tutti i suoi personaggi spunta la sua testa enorme e superba. Quasi tutte le sue creature portano l'impronta colossale del suo suggello, e parlano il linguaggio del genio; sono, come lui, grandi poeti o grandi sognatori; statue, a cui ha stampato sulla fronte il suo nome; larve dai contorni più che umani, che si vedono ingigantite come a traverso le nebbie dei mari polari, o accese della luce d'una glorificazione teatrale che le trasfigura, Così Javert, Gymplaine, Triboulet, Simoudain, Gilliat, Giosiana, Ursus, Quasimodo, Jean Valjean. Così il suo Napoleone III, rappresentato come un volgare malfattore, tutto d'un pezzo, liricamente. Pochi i personaggi d'ossa e di carne, che abbiano la nostra statura e la nostra voce. E così la sua cattedrale di *Notre Dame*, convertita da lui in un monumento enorme e formidabile come una montagna delle Alpi. Tutte le sue creazioni sono, com'egli dice delle onde di un oceano in tempesta, *mélanges de montagne et de songe*. Solo nel primo momento della concezione è osservatore tranquillo e fedele; poi la sua natura invincibilmente lirica irrompe, ed egli afferra colla mano poderosa la sua creatura, e la trasporta al di sopra della terra. Dalla prima all'ultima pagina è sempre presente, despota orgoglioso e violento, e ci fa della lettura una lotta. Ci caccia innanzi a spintoni, ci solleva, ci stramazza, ci rialza, ci scrolla, ci umilia, ci travolge nella sua fuga precipitosa, senza dar segno d'avvedersi che noi esistiamo. Balziamo rapidissimamente fra i più opposti sentimenti che può suscitar la lettura, dalla noia irritata all'entusiasmo ardente, come palleggiati dalla sua mano. Eterne pagine si succedono in cui l'Hugo non è più lui, Egli travia, erra a tentoni nelle tenebre, e delira. Non sentiamo più la parola dell'uomo; ma l'urlo o il balbettio del forsennato. E i periodi enormi cascano sui periodi enormi, a valanghe, oscuri e pesanti, o i piccoli incisi sui piccoli incisi, fitti e rabbiosi come la grandine, e s'incalzano e s'affollano confusamente le assurdità, le vacuità, le iperboli pazze e le pedanterie. Vittor Hugo pedante! Eppure sì; quando ci esprime cento volte l'idea che abbiamo afferrata alla prima, quando ci mostra lentamente e ostinatamente, una per una, le mille faccette d'una pietra ch'egli crede un tesoro e ch'è un diamante falso. E in quel frattempo, mentre sonnecchiamo o fremiamo, ci si affacciano alla menti; le analisi spietate dei critici, lo ire dei classicisti, gli anatemi dei pedanti, gli scherni dei suoi infiniti avversarii, e stiamo per dir:—Han ragione!—Ma che! Arrivati in fondo alla pagina, v'è un pensiero che ci fa balzare in piedi e gridare:—No, per Dio! Hanno torto!—; una frase che ci s'inchioda nel cervello e nel cuore per tutta la vita; una parola sublime, che ci compensa di tutto. E l'Hugo è di nuovo là ritto e gigante sul piedestallo che vacillava. Questa è la sua grande potenza: lo scatto improvviso, la parola impreveduta che ci rimescola, il lampo inaspettato che illumina la vasta regione sconosciuta, la porta bruscamente aperta e richiusa per la quale intravvediamo il prodigio, un gran *coup dans la poitrine*, come direbbe lo Zola, che ci toglie per un momento il respiro, e ci lascia rotti e sgomenti. Non è l'aquila che si libra sull'ali; è il masso che erompe dal vulcano, tocca le nubi e ricasca. La sua arte è quasi tutta qui: un lungo lavorìo paziente che prepara un effetto inatteso. Egli non ha riguardi per noi mentre prepara; ci strapazza e ci provoca; è un lavoratore sprezzante e brutale; non bada nè alle nostre impazienze, nè alle nostre censure. I suoi difetti sono grandi come il suo genio; non nèi, ma gobbe colossali, che ci fan torcere il viso. L'architettura della più parte dei suoi romanzi è deforme. Sono episodi spropositati, spedienti brutali, inverosimiglianze sfrontatamente accumulate, fili di racconti pazzamente spezzati e riannodati; divagazioni, o piuttosto corse furiose, di cui non si vede la meta, e che fanno presentire a ogni passo un precipizio. Ma egli vuol condurvi là, dove vuole, e vi trascina, renitenti, barcollando ed ansando, calpestando la ragione, il buon gusto, il buon senso, la verità. E a un certo punto vi svincolate gridando:—No, Hugo, non ti seguo!—e lo lasciate fuggir solo. Dov'è andato? È caduto? Ah! eccolo là, sull'altura, colla fronte dorata dal sole. Ha vinto e ha ragione. Ma egli ha tutto per combattere e per vincere: ha l'audacia, la forza e le armi; ha il genio e la pazienza; è nato poeta e s'è fatto; ha scavato dentro a sè stesso, con mano pertinace, la vena più profonda dei suoi tesori; ogni opera sua è un immenso, lavoro di scavazione, a cui si assiste leggendo, e si sente il formidabile affanno del suo respiro. È una strana cosa veramente l'arte sua. Egli non ci presenta il lavoro fatto, il risultamento netto ed ultimo dei suoi sforzi, l'ultima idea a cui è arrivato per una successione d'idee; ma ci fa seguire tutto il processo intimo del suo pensiero, ci fa contare e toccare prima tutte le pietre con cui innalzerà l'edifizio, ci fa assistere a tutti i suoi tentativi inutili, a tutti i crollamenti successivi delle parti mal fabbricate, e vediamo poi l'edifizio compiuto, ma circondato e ingombro dei ruderi, ch'egli disdegna di spazzare. Il suo lavoro è uno strano accoppiamento di pazienza da musicista e di furia da pittore ispirato. Egli scrive come il Goya dipingeva. Ora minia, liscia, accarezza l'opera propria, lento, quasi sonnolento, minuto, scrupoloso; si diverte a stendere elenchi accurati di nomi e di cose, a spiegare il proprio concetto con similitudini interminabili diligentemente condotte; procede colle seste, cerca le simmetrie, dice, corregge, aggiunge, modifica, rettifica, sfuma, cesella, brunisce. A un tratto il soffio della grande ispirazione lo investe, e allora butta via il pennello delicato, e, come il Goya faceva, dipinge a furia con quello che gli casca fra le mani, spande i colori colle spugne, getta le grandi macchie cogli strofinacci e le scope, dà i tocchi di sentimento a colpi furiosi di pollice che sfondan la tela. Il suo stile è tutto rilievi acuti, rialti di granito, punte di ferro e vene d'oro, pieno d'asprezze e d'affondamenti oscuri, rotto qua e là in grandi squarci, da cui si vedono prospetti confusi e lontani; ora semplice fino all'ingenuità scolaresca, ora architettato coll'arte sapiente d'un pensatore; a volta a volta acqua limpida e mare in burrasca, su cui errano nuvole rosee che riflettono il sole o nuvole nere da cui si sprigiona la folgore. Le immagini nuove e potenti pullulano a miriadi sotto la sua penna, e le idee gli erompono dal capo armate, impennacchiate, sfolgoranti; e sonanti, qualche volta offuscate dalla ricchezza e schiacciate dal peso dell'armatura. Egli non spende, profonde a piene mani, sperpera i tesori inesauribili della sua potenza espressiva col furore d'un giuocatore forsennato. La lingua sua non gli basta. Egli toglie ad imprestito il gergo della plebe, la lingua furfantina delle galere, il balbettio informe ed illogico dei bambini; tempesta la sua prosa di parole straniere di cento popoli e di traslati proprii di tutte le letterature; e si fabbrica superbamente un linguaggio suo, tutto colori e scintille, pieno d'enimmi e di licenze, di laconismi potenti e di delicatezze inimitabili; secondo il bisogno, triviale, tecnico, accademico, vaporoso, brutale, solenne; così che lette le sue opere, non par d'aver sentito parlare la lingua di un solo popolo e d'un solo secolo, ma una vasta e confusa lingua d'un tempo avvenire, per la quale non ci sia nulla d'inesprimibile e di straniero. Di questa potenza espressiva, come del coraggio del suo genio, egli abusa, e allora s'impiglia e si ravvolge nel proprio pensiero, e vi s'aggira come in un labirinto, senza trovarne l'uscita. Ma anche nei suoi smarrimenti è grande. Anche in quelle pagine affaticate, tormentate, astruse, in cui volendo esprimere l'inesprimibile, tenta da tutte le parti il proprio concetto, e accumula metafore su metafore, paragoni su paragoni, e ricorre inutilmente al suo misterioso linguaggio di tenebre e di luce, d'ombre e d'abissi, di *inconnu* e di *insondable*, e tutta la sua fortissima e ricchissima lingua non basta a render nemmeno una pallida idea di quel non so che di immane e di mostruoso che ha nel capo; in quelle pagine i freddi pedanti trovano con gioia una presa assai facile alla critica che distrugge e deride; ma l'anima dell'artista vi sente l'anelito del titano che lotta con una potenza sovrumana, e assiste a quegli sforzi poderosi con un sentimento di stupore e di rispetto, come a uno di quegli spettacoli in cui un uomo rischia la vita. Eppure sì, leggendo le opere sue, accade qualche volta che, arrivati a un certo punto, lo squilibrio delle facoltà, la continua prevalenza della fantasia sfrenata sulla ragione, la eccessiva frequenza delle aberrazioni e delle cadute, vi stanca; i lampi di genio non bastano più a compensarvi dei continui sacrifizii che deve fare il vostro buon senso; siete sazii, sdegnati, qualche volta nauseati; sentite il bisogno di riposarvi da quella tortura; ritornate con piacere ai vostri scrittori sensati, rigorosi, sempre eguali; respirate, vi ritrovate nel mondo reale, benedite la logica, riacquistate la vostra dignità d'uomini e di lettori. E lasciate in un canto l'Hugo per mesi, e qualche volta per anni, e vi pare d'esservene staccati per sempre. Ma che! Egli v'aspetta. Un giorno arriva finalmente in cui, tutt'a un tratto, un entusiasmo a cui volete un'eco, un dolore che domanda un conforto, un bisogno istintivo di strano o di terribile, vi risospinge verso quei libri. E allora tutti gli entusiasmi sopiti si ridestano tumultuosamente. Egli v'afferra di nuovo, vi soggioga, siete suoi, rivivete in lui per un altro periodo della vostra vita. È perchè le somme linee delle opere sue sono veramente d'un genio. L'abuso ch'egli fa d'un concetto sublime, alla lettura, v'offende; ma spariti dalla memoria i particolari errati o eccessivi, il concetto vi resta incancellabile, e più s'appura col tempo, più vi pare che ingrandisca, e ingrandisce davvero. Le sue grandi idee e i suoi grandi sentimenti son grandi tanto che sovrastano ai difetti infiniti dell'arte sua, come le colonne d'un tempio antico ai rottami ammucchiati ai suoi piedi. E di qui nasce il fatto strano ch'egli ha più ammiratori ardenti delle sue creazioni che lettori fedeli dei suoi volumi, e che moltissimi ammiratori suoi non lo conoscono che nei frammenti delle sue opere, o nelle ispirazioni che v'hanno attinte le altre arti. Chi strapperà più dalla memoria umana Ernani, Triboulet, il campanaro di *Nôtre Dame*, l'amore di Ruy Blas, la disperazione di Fantina? E chi può scordare i brividi di terrore ch'egli ci ha fatto correre per le vene, e le lacrime che ci ha fatto sgorgare dagli occhi? Poichè egli può tutto, ed è grande nella tragedia e insuperabile nell'idillio. Noi tutti abbiamo sentito scricchiolare le ossa d'Esmeralda nel letto della tortura, e abbiamo visto faccia a faccia la morte, quando ce la presenta orrenda come in Claudio Frollo appeso al cornicione della cattedrale, o furiosa come sulla barricata di via Saint-Denis, o epica come sul campo di Waterloo, o infinitamente triste come nelle nevi della Russia, o solennemente lugubre, come nel naufragio dei Comprachicos. Ed è lo stess'uomo che fa vibrare sovrumanamente le corde più delicate dell'anima; l'autore del *Revenant* su cui milioni di madri singhiozzarono, l'autore di quel celeste *Idillio di Rue Plumet*, di quella santa agonia di Jean Valjean, che strazia l'anima, e di quei versi meravigliosi, in cui Triboulet spande piangendo l'immensa ed umile tenerezza del suo amore di padre. No, mai parole più dolci, preghiere più soavi, grida d'amore più appassionate, slanci d'affetto e di generosità più nobili e più potenti, sono usciti da un cuore di poeta. E allora Vittor Hugo è grande, buono, venerabile, augusto, e non c'è anima umana che in quelle pagine non l'abbia benedetto ed amato. In momenti solenni della vita, accanto al letto d'un moribondo, durante una grande battaglia della coscienza, i suoi versi ripassano per la mente, come lampi, e risuonano all'orecchio consigli d'un amico affettuoso e severo che ci dica:—Sii uomo!—Poichè egli ha tutto sentito, tutto compreso e tutto detto; ha le disperazioni tremende e le rassegnazioni sublimi; non v'è dolore umano a cui non abbia detto una parola di conforto; non c'è sventura al mondo su cui non abbia fatto versare delle lagrime. Egli è il patrocinatore amoroso e terribile di tutte le miserie, dei diseredati dalla natura e degli abbandonati dal mondo, di chi non ha pane, di chi non ha patria, di chi non ha libertà, di chi non ha speranze, di chi non ha luce. Questa è la sua grandezza vera e incontestabile. Non c'è altro scrittore moderno che abbia esercitato con una maggior quantità d'opere e con una più intrepida ostinazione questo glorioso apostolato; che abbia maneggiato un pennello più potente per dipingere le miserie, un coltello anatomico più affilato per aprire i cuori straziati, uno scalpello più magistrale per scolpire gli eroi della sventura, un ferro più rovente per segnare la fronte di chi fa soffrire, una mano più delicata per accarezzare la fronte di chi soffre. Egli è il grande assalitore e il grande difensore; ha combattuto su tutte le arene; è salito su tutte le sommità ed è sceso in tutte le bassure. E questo è ammirabile in lui, che per quanto sia disceso, non s'è mai abbassato. La sua mano è rimasta incontaminata fra tutte le sozzure in cui sguazzò la sua penna. Egli non ha mai prostituito l'arte sua. È austero e superbo. Non s'inflette e non ride. Il suo riso non è che una maschera, dietro la quale s'intravvede sempre il suo volto pallido e accigliato. Una specie di tristezza fatale pesa su tutte le opere sue. Anche nella sua grande e costante aspirazione alla virtù, alla concordia, alla pace, alla redenzione degli oppressi e degli infelici, v'è qualcosa di malinconico e di tetro, come se le mancasse l'alimento della speranza. Tutti i suoi libri terminano con un grido straziante. Tutte le voci che escono dalle sue opere formano, riunite, un lamento solenne, misto di preghiera e di minaccia. La sua stessa credenza in Dio, quella ch'egli chiama la suprema certezza della sua ragione, è forse piuttosto un'aspirazione potentissima del suo cuore e un pascolo immenso della sua immaginazione smisurata, che una fede ferma, in cui la sua anima si riposi: la fede è una sorgente, a lui necessaria, di torrenti di poesia, e Dio è un personaggio dei suoi romanzi e dei suoi canti. Da qualunque lato si guardi, apparisce in lui qualcosa di strano e di non chiaramente esplicabile. L'uomo non emerge netto dallo scrittore. Si stende la mano a toccarlo, e invece della carne umana, si sente una sostanza nuova al tatto, che fa rimanere perplessi. La sua figura, velata, s'innalza, s'abbassa, s'avvicina, s'allontana, e non presenta mai per tanto tempo i contorni fermi e precisi, da poterseli fissare immutabilmente nel pensiero. E così v'affaticate per anni intorno alle sue opere senza riuscir mai a formarvene un giudizio che non abbiate di tratto in tratto a mutare. Esse offrono mille parti scoperte alla critica d'un fanciullo, e presentano mille aspetti irresistibili all'ammirazione dell'uomo. C'è poco da obbiettare a chi le lacera senza remissione, non si sa che cosa opporre a chi n'è entusiasta appassionato. Distruggetele col ragionamento: esse si rialzano da sè, a poco a poco, nella vostra mente, più maestose e più salde. Disponetevi invece ad adorarle ciecamente, e sarete ogni momento costretti a soffocare mille voci di protesta che usciranno dal vostro cuore e dalla vostra ragione. Una sola cosa è fuor di dubbio, ed è che non si può rifiutare a quest'uomo il titolo augusto e solenne di Genio. Il più ostinato avversario suo sente, in fondo a sè stesso, chè la qualificazione di «ingegno», da qualunque attributo accompagnata, non basta per lui. Potete preferirgli una legione d'altri ingegni viventi; ma siete costretti a riconoscere che alle mille teste di quella legione sovrasta la sua. Potete voltargli le spalle, ma non potete fare un passo senza mettere il piede sulla sua ombra. Ma è difficile credere che la ripugnanza dell'indole, o la disparità del gusto e delle idee, o l'odio di parte possano tanto in un uomo da fargli negare la grandezza che presentano insieme le creazioni, le lotte, i trionfi, gli errori e gli ardimenti di questo vecchio formidabile. Per me, penso ai suoi cinquanta volumi, pieni d'ispirazioni e di fatiche, in cui si rivela col genio prepotente una volontà indomabile o una tempra fisica d'acciaio; penso ai torrenti di vita che uscirono dal suo petto, all'amore immenso che profuse, alle ire selvaggie e agli odii implacabili che provocò e che gli infuriarono nell'anima; ricorro la sua vita da quando giocava, ragazzo, sotto gli occhi di sua madre, noi giardino delle *Feuillantines*; lo vedo, sedicenne, quando scriveva in quindici giorni, per guadagnare una scommessa, le pagine ardenti di Bug-Jargal; penso a quando comprò il primo scialle a sua moglie coi denari dell'*Han d'Islanda*; me lo raffiguro, fiero e impassibile, in mezzo alle tempeste delle assemblee scatenate dalla sua parola temeraria; lo vedo servire umilmente i quaranta bambini poveri seduti alla sua mensa a Hauteville-house; me lo rappresento grave e triste, in mezzo alla folla, dinanzi ai cento sepolcri illustri su cui fece sentire la sua parola piena di maestà e di dolcezza; lo vedo per le vie di Parigi, in mezzo alla moltitudine riverente, costernato e invecchiato, seguire i feretri dei suoi figli; lo vedo in quelle sue veglie febbrili, ch'egli descrisse così potentemente, quando di lontano, nel silenzio della notte, sentiva squillare il corno di Silva ed echeggiare il grido di Gennaro; lo vedo assistere nel *Teatro francese*, dopo mezzo secolo dalla prima rappresentazione, al trionfo clamoroso dell'*Hernani*, salutato dai primi scrittori e dai primi artisti della Francia, come il loro Principe rieletto e riconsacrato; penso al suo *Oriente* splendido, al suo Medio evo tremendo, alla *Preghiera per tutti*, all'infanta che perde la rosa mentre Filippo II perde l'Armada, alla carica dei corazzieri della guardia contro i quadrati del Wellington, alla scarpetta d'Esmeralda, all'agonia d'Eponina, a tutte le creature del mondo arcano, sfolgorante, immenso che uscì dal suo capo; al suo esilio, alle sue sventure, ai suoi settantasette anni,—e sento una mano che mi fa curvare la fronte.

CAPITOLO III

«Vittor Hugo è certamente uno di quelli scrittori che ispirano un più ardente desiderio di vederli; perchè i suoi cento aspetti di scrittore ci fanno domandare ogni momento a quale di essi corrisponda il suo aspetto d'uomo. Sarà il viso dell'Hugo che ci fa inorridire o quello dell'Hugo che ci fa piangere? E ci riesce ugualmente difficile rappresentarcelo benevolo e rappresentarcelo truce. Io mi ricordo d'aver passato molte ore, giovanotto, all'ombra d'un giardino, con un suo libro tra le mani, cercando di dipingermelo coll'immaginazione, e componendo e ricomponendo cento volte il suo viso e la sua persona, senza trovar mai una figura che m'appagasse. Il suo spettro, di forme incerte, mi stava sempre davanti. Quest'uomo era un enimma per me. Io non sapevo bene rendermi conto del sentimento che m'ispirava. Alle volte mi pareva che, vedendolo, gli sarei corso incontro coll'espansione di un figlio e mi sarei strette le sue mani sul cuore; altre volte mi pareva che, incontrandolo improvvisamente, mi sarei scansato con un sentimento di diffidenza e di timore, e avrei detto sommessamente ai miei vicini:—Indietro! Hugo passa.—Che so io? Era l'uomo che m'aveva spinto cento volte, col cuore gonfio di tenerezza, tra, le braccia di mia madre; ma era anche l'uomo che m'aveva fatto balzar sul letto, più volte, nel cuor della notte, atterrito dall'apparizione improvvisa dei cinque cataletti di Lucrezia Borgia. Sentivo per lui un affetto pieno di trepidazione e di sospetto. Ma il desiderio di vederlo era ardente, e andò crescendo cogli anni. Quanta è la potenza del genio! Voi arrivate in una città enorme, trascorrete di divertimento in divertimento, d'emozione in emozione, in mezzo a un popolo immenso e tumultuoso, fra gente di ogni paese, fra i capolavori delle arti e delle industrie di unta la terra, fra mille spettacoli, mille pompe o mille seduzioni. Ebbene, tutto questo non è per voi che una cosa secondaria. Fra quell'immenso spettacolo e voi si drizza il fantasma di un uomo che non avete mai visto, che non vedrete forse mai, che non sa nemmeno che siate al mondo; e questo fantasma occupa tutta la vostra mente e tutto il vostro cuore. In quell'oceano di teste, voi non cercate che la sua. A ogni vecchio che passi, il quale vi rammenti alla lontana la sua immagine, una voce intima vi dice:—È lui!—e il vostro sangue si rimescola. Tutta quell'enorme città non vi parla che di quell'uomo. Le torri della Cattedrale sono popolate dei fantasmi della sua mente, ad ogni svolto di strada vi si affaccia una creatura della sua immaginazioni, i frontoni dei teatri vi rammentano i suoi trionfi, gli alberi dei giardini vi bisbigliano i suoi versi e le acque della Senna vi mormorano il suo nome. E allora prendete una risoluzione eroica e rivolgete una domanda, da lungo tempo meditata, a un amico. E non si può dire l'effetto che vi fanno queste cinque semplicissime parole:—Via di Clichy, numero venti.

CAPITOLO IV

V'è una considerazione però, che rende titubanti molti ammiratori che desiderano di visitare Vittor Hugo; ed è l'accusa che gli si fa d'avere un immenso orgoglio. Certo è che egli sente altissimamente di sè, e non lo nasconde. Tutti sanno quello che disse, ancor giovane, all'attrice Mars, che si permetteva, alle prove dell'*Hernani*, di criticare i suoi versi.—Signorina, voi dimenticate con chi avete da fare. Voi avete un grande ingegno; non lo nego; ma ho un grande ingegno. anch'io, e merito qualche riguardo.—Io lascio ad altri il risolvere questa quistione: se, in qualche caso, uno smisurato sentimento di sè non sia un elemento del genio: quello che dà l'impulso ai grandi ardimenti; e se, ammessa la indole artistica di Vittor Hugo, sia possibile concepire un Vittor Hugo modesto. Mi ristringo a considerare il fatto. Si, Vittor Hugo dev'essere sovranamente orgoglioso. Si riconosce da mille segni. Egli, per esempio,—è cosa notissima,—non ammette la critica. Il genio, dice, è *blocco*. Bisogna accettarlo intero o respingerlo intero. L'opera del genio è un tempio in cui si deve entrare col capo scoperto, e in silenzio. *On ne chicane pas le génie*. Ammirate, ringraziate e tacete. Il genio non ha difetti. I suoi difetti sono il rovescio delle sue qualità. Ecco tutto. Egli lo ha detto a chiare note nel suo libro sullo Shakespeare, nel quale s'è servito del tragico inglese per dire al mondo quello che pensa di se stesso. Il ritratto ch'egli traccia dello Shakespeare è il ritratto suo; quella deificazione che egli fa del genio, la quale per un uomo che creda in Dio è quasi sacrilega, è, insomma, la sua apoteosi; in quell'oceano a cui paragona i grandi poeti, si vede riflessa, prima d'ogni altra, la sua grandezza; quella montagna che ha tutti i climi e tutte le vegetazioni, è Vittor Hugo. In quegli elenchi, ch'egli fa ad ogni pagina, dei genii di tutti i tempi e di, tutti i paesi, da Giobbe al Voltaire, si capisce, si giurerebbe che, arrivato all'ultimo nome, è stato, lì sul punto d'aggiungervi il suo, e che non lo fece, non per modestia, ma per *salvare*, come, suol dirsi, *le convenienze*. Egli tratta tutti quei grandi da pari a pari. Tutti i genii, d'altra parte.—è una sua idea,—sono uguali. La regione dei genii è la regione dell'eguaglianza. Egli parla di Dante come d'un fratello. Ma oltre a queste ci sono mille altre manifestazioni della coscienza ch'egli ha della sua grandezza: l'ardimento, superbo con cui mette le mani nella scienza e con cui affronta, passando, i più alti problemi della filosofia; la baldanza con cui ostenta le sue licenze letterarie, come se fosse certo che, coniate da lui, saranno moneta corrente e ricchezza comune; l'intonazione solenne delle sue prefazioni, che, annunziano l'opera come un avvenimento sociale; la cura scrupolosa con cui raccoglie o fa raccogliere tutte le sue minime parole e gli atti più insignificanti della sua vita. Quando vuol fare il modesto riesce all'effetto opposto, tanto inesperto è in quell'arte, e tanto è abituato a passar la misura in ogni cosa. Come quando comincia una lettera: «Un oscuro lavoratore.» E così, sotto la forzata pacatezza con cui risponde alle osservazioni di Lamartine sui *Miserabili*, si sente il ruggito soffocato del leone ferito. La sua stessa prodigalità nella lode tradisce l'uomo che crede di gettarla tanto dall'alto, da non aver da temere l'orgoglio che ne potrà nascere, se anche crescesse smisurato. E poi egli rivela l'animo suo candidamente. In un'occasione in cui non volle lasciar rappresentare un suo dramma perchè un altro aveva trattato lo stesso soggetto, disse:—Non voglio esser paragonato,—A un editore che gli proponeva di pubblicare una scelta delle sue poesie, rispose:—Voi mi avete l'aria d'un uomo che, mostrando in una mano dei sassi raccolti sul Monte Bianco, creda di poter dire alla gente: Ecco il Monte

Bianco.—Egli si considera al di sopra d'ogni confronto possibile con qualunque scrittore contemporaneo. Non piglia, infatti, alcuna parte in quella guerra continua che si movono gli scrittori di Francia a motti arguti e maligni, che scorticano senza far stridere, e fanno il giro di Parigi. Se ne sta in disparte, muto. E non sarebbe atto, d'altra parte, a questa specie di guerra. Dicono: perchè non ha «spirito.» Egli ha risposto acerbamente a questa critica.—Dire che un uomo di genio non ha spirito, è una gran consolazione per i moltissimi uomini di spirito che non hanno genio.—Ma la critica è giusta forse, benchè si trovino nei suoi discorsi parlamentari dei mirabili esempi di risposte improvvise a botte inaspettate. Il suo scherno ha spesso il conio del grande ingegno; ma non provoca il riso salato e pepato della vera arguzia francese. Lo stiletto sottile dell'ironia sfugge dalle sue mani di colosso; egli non è atto che a dare i grandi colpi di mazza che sfracellano il casco e la testa. E poi oramai si ritiene quasi al di sopra della letteratura. Si riguarda quasi come un sacerdote di tutte le genti, sopravvissuto, per decreto della Provvidenza, a mille prove e a mille sventure, per vegliare sull'umanità. Questo apparisce lucidamente dalle sue apostrofi ai popoli, dalle sue intimazioni ai monarchi, dal tono di profezia che dà ai suoi presentimenti, dalla forma di responso che dà alle sue sentenze, dal carattere di minaccia che dà ai suoi rimproveri, da tutto il suo linguaggio spezzato in affermazioni altiere e in giudizii assoluti, come se ogni sua proposizione fosse un decreto, da incidersi sul bronzo o nel marmo per le generazioni avvenire. Tutte queste cose, o sapute prima o intese dire, fanno lungamente esitar lo straniero che vuol andare a battere alla sua porta. Certo che, dopo la prima esitanza, si fanno delle riflessioni incoraggianti. Si pensa, per esempio, che il sentimento che ci trattiene dal presentarci a un uomo orgoglioso che ammiriamo, non è, in fondo, che un sentimento d'orgoglio. Poi si pensa a quanti scrittorelli miserabili di mente e di cuore, a quanti pedanti fradici e impotenti, a quanti imbrattacarte sconosciuti di villaggio non si sentono da meno di Vittor Hugo. E infine ci si dice che è una pazza presunzione la nostra, di credere che a noi, messi in luogo suo, non darebbe punto al capo la gloria di primo poeta d'Europa. E allora si ripiglia coraggio. Ma pure è una cosa che spaventa quel presentarsi là sconosciuti, senz'altra scusa che l'impulso del cuore, davanti a un uomo famoso nel mondo, nella grande città che lo festeggia, in casa sua, in mezzo a una folla di ammiratori, per dirgli… che cosa? Voglio vedervi!

CAPITOLO V

E non ostante, una mattina, mi trovai senza avvedermene nel cortile della casa N.° 20 di via Clichy, in faccia al finestrino del portinaio, e sentii con un certo stupore, come se parlasse un altro, la mia voce che diceva:—Sta qui Vittor Hugo?—Ero ben certo che stava là; eppure restai un po' meravigliato nel sentirmi rispondere:—Si signore, al secondo piano—coll'accento della più fredda indifferenza. Mi parve molto strano che a quel portinaio paresse tanto naturale che là ci stesse Vittor Hugo. Poi, tutt'a un tratto, mi parve un'assurdissima cosa l'andarmi a presentare a quell'uomo in quella maniera. E dissi forte a me stesso:—Ma tu sei matto!—e rimasi profondamente assorto, per qualche minuto, nella contemplazione d'un gatto che dormiva sopra una finestra del pian terreno. E l'ho da dire tal quale? Sentivo un leggierissimo tremito nelle ginocchia, come se mi fosse già passata da un pezzo l'ora della colezione. Poi non ricordo più bene. So che m'accorsi improvvisamente che salivo le scale; ma colla profonda sicurezza che, arrivato alla porta, sarei tornato giù senza sonare. Salivo lentamente; sopra uno scalino mi sentivo un coraggio da leone; sopra un altro scalino mi pigliava la tentazione di voltar le spalle e di scappar come un ladro. Mi fermai due o tre volte per asciugarmi la fronte, che stillava. Oh mai nessun alpinista, ne son sicuro, ha fatto un'ascensione più affannosa di quella! Avrei voluto tornar indietro; ma non potevo. Che so io? C'erano Cinquecento De Amicis, di tutte le stature, che ingombravano la scala dietro di me, affollati e stretti come acciughe tra il muro e la ringhiera, che mi dicevano tutt'insieme a bassa voce;—Avanti!—All'improvviso, come se fino allora avessi pensato a tutt'altro, mi trovai ai piedi dell'ultima branca di scala, in faccia alla porta. Allora non so come, bruscamente, tutte le paure sparirono. Sentii un impulso potente che mi diedero insieme mille ricordi dell'adolescenza e della giovinezza, il sangue mi diede un tuffo violento, Cosetta mi mormorò:—Coraggio!—Ernani mi disse:—Sali!—Gennaro mi gridò:—Suona!—E suonai.—Dio eterno! Mi parve di sentir sonare a distesa, per un quarto d'ora filato, la gran campana di *Notre Dâme*, e stetti là trepidante come se quel suono dovesse aver messo sottosopra mezza Parigi. Finalmente nello stesso punto sentii l'impressione d'un pugno nel petto e vidi spalancarsi la porta. Mi trovai dinanzi una governante, una bella donna, vestita con garbo. In un angolo dell'anticamera due servitori lucidavano dei candelieri d'argento. Per una porta aperta si vedeva in un'altra stanza una tavola mezzo sparecchiata, con un giornale nel mezzo, Cose insignificanti e indimenticabili.

Domandai alla governante con una voce da tenore sgolato se stava là Vittor Hugo. Mi rispose di sì, con un'indifferenza, anche lei, che mi fece gran meraviglia. Domandai se avrebbe potuto ricevermi. Mi rispose che era ancora a letto. Io rimasi là, senza parola, scombussolato. L'idea di aver da fare un'altra volta l'ascensione di quella montagna, mi sgomentava. Ma la governante doveva esser abituata a veder dei giovani presentarsi così, col viso un po' alterato, alla porta del suo padrone, e a indovinare dal viso il sentimento che li moveva; perchè mi diede un'occhiata tra sorridente e pietosa, come se volesse dire:—Ho capito! Sei uno dei tanti—e soggiunse con un accento benevolo:—Credo però che sia svegliato.... posso domandargli quando la potrà ricevere—e senza darmi tempo di rispondere, disparve. A me pareva di sognare o di essere briaco. Mi sfuggiva il sentimento della realtà. Mi domandavo se il Vittor Hugo ch'era nella stanza accanto fosse proprio quel Vittor Hugo che io cercavo, e non mi pareva possibile. E avrei voluto, infatti, che non fosse possibile. Mi pareva d'aver commesso un atto insensato.—Ma cosa ho fatto!—mi dicevo.—Bisogna che mi abbia dato volta il cervello. E cosa seguirà adesso?—E pensando ch'era possibile ch'egli non mi volesse ricevere, mi sentivo salire delle ondate di sangue alla testa. Improvvisamente la governante ricomparve e disse gentilmente:—Il signor Vittor Hugo la riceverà con piacere questa sera alle nove e mezzo.—Ah, governante adorata! Bisogna ch'io risalga a vent'anni fa, quando dopo aver aspettato per tre ore, immobile davanti a una porta, una parola che doveva darmi tre mesi di libertà e di piaceri o tre mesi di schiavitù e di umiliazione, usciva finalmente il segretario della Commissione a dirmi solennemente:—Promosso!—; bisogna ch'io risalga a uno di quei giorni, per poter dire d'aver sentito altre volte un allargamento di polmoni così delizioso, una soddisfazione così piena, una così matta voglia di scender le scale a cinque gradini per volta, come quella che m'hai fatto provar tu, con quelle quattordici benedette parole, o governante dell'anima mia.

CAPITOLO VI

E dalle nove e mezzo della mattina alle nove e mezzo della sera fui re di Francia. Ah, Vittor Hugo superbo, Vittor Hugo comunardo, Vittor Hugo energumeno, Vittor Hugo matto; che baie! Tutti questi Vittor Hugo della critica o della calunnia, col berretto frigio o colle corna dell'orgoglio satanico, erano spariti dalla mia mente. Per me non c'era più che un solo Hugo, il grande poeta amoroso e sdegnoso, pieno di consigli fortissimi e di sante consolazioni; l'uomo che m'aveva fatto delirare d'amore da giovanetto; che m'aveva fatto pensare e lottare da uomo; il poeta di cui le strofe fulminee m'eran sonate nel cuore sul campo di battaglia come grida eccitatrici d'un generale lontano; lo scrittore che aveva mille volte schiacciato il mio misero orgoglio d'impiastrafogli, facendomi provare non so che voluttà acre e salutare nell'umiliazione, che mi acquietava l'anima; l'autore di cui parlando m'era sgorgata mille volte dal cuore commosso la parola facile e calda che m'aveva cattivato delle simpatie; l'artista che mi aveva aiutato a esprimere mille sentimenti e a render l'immagine di mille cose che senza di lui mi sarebbero forse rimaste sepolte per sempre nell'anima; lo scrittore di cui in Spagna, in Grecia, sul Reno, sul Bosforo, sul mare, mi ricorreva ogni momento alla memoria un pensiero o una immagine, che rischiarava, formulava e commentava la mia emozione; il poeta dei fanciulli, il consolatore delle madri sventurate, il cantore delle morti gloriose, il grande pittore dei cieli e degli oceani; oggetto di vent'anni, di studio, di curiosità e di discussioni; mille volte abbandonato, mille volte ripreso, mille volte difeso; Galeotto d'amori gentili, auspice d'amicizie ardenti, compagno di veglie febbrili e provocatore di scoppi di pianto disperati; l'uomo, insomma, in cui avevo vissuto una gran parte della parte più bella della mia vita; che m'aveva trasfuso nelle vene il suo sangue, e delle cui opere mi ero fatto ossa, nervi e cervello. Questo era il Vittor Hugo che mi vedevo davanti, e ad ogni ora che passava, mi pareva che la sua figura si innalzasse di un palmo e che il mio cuore ringiovanisse d'un anno.

CAPITOLO VII

Eppure, ecco un problema per gli scrutatori del cuore umano. Verso sera, un'ora prima d'andare, tutt'a un tratto mi si fece dentro come un silenzio mortale. Mi sentii improvvisamente vuoto, asciutto e freddo. Mi parve che, comparendo davanti a Vittor Hugo, non avrei sentito la menoma scossa, nè trovato una parola da dire. E ne rimasi atterrito. Poichè, insomma, non c'è che una commozione profonda e visibile che giustifichi l'audacia di quelle visite: quando la commozione manca, par che si vada là per curiosità, e la pura curiosità, in quei casi, è sfrontatezza. Che cosa sono questi ammutolimenti improvvisi del cuore? Forse che il cuore s'addormenta, stanco della commozione, per ripigliar nuove forze? Io non so. So che avevo un bell'eccitarmi, e richiamare alla mente tutti i pensieri e tutti i sentimenti della mattina; ogni sforzo era inutile; per quanto mi soffiassi dentro, non riuscivo a sollevare una scintilla; e salii le scale con una indifferenza che mi costernava.—Sono istupidito,—mi domandavo,—o son malato? Ed ora che cosa dirò?—La stizza mi divorava; mi sarei morso le mani e dato dei pugni nella testa. E mi ricordo ch'ero ancora in questo stato quando la porta s'aperse e mi trovai nell'anticamera illuminata da una lampada appesa al soffitto. Ma fu quello, grazie al cielo, l'ultimo momento. La governante mi domandò il nome per andare ad annunziarmi. Il suono del mio nome pronunziato da me, e ripetuto da lei, in quella stanza, mi svegliò, come se qualcuno m'avesse chiamato; la mia mente si rischiarò e un torrente di vita mi affluì al cuore. La donna aperse una porta e disparve. Per la porta semiaperta uscì un suono confuso di voci allegre e forti, da cui capii che si stava terminando di cenare. In mezzo a quel vocio afferrai due parole:—*La philosophie indienne*....—Ebbi appena il tempo di pensare: Oh numi! Che cosa dirò se mi attaccano sulla filosofia indiana? La porta si richiuse. Mi parve che seguisse un silenzio profondo. La governante faceva l'imbasciata. I minuti secondi mi sembravano quarti d'ora. Quel silenzio mi pareva tremendo. Finalmente la donna ricomparve, mi accennò di seguirla, guardandomi curiosamente, come se il mio viso avesse qualche cosa di strano; mi fece passare per un corridoio, spinse leggermente il battente d'una porta e mi disse sottovoce:—Entrate, signore. Il signor Vittor Hugo è là.—

Stetti un momento immobile. Mi sentivo.... poco bene. Se la governante m'avesse guardato in viso, m'avrebbe offerto un bicchiere d'acqua.

—Animo!—dissi poi a me stesso; sollevai una tenda, feci un passo innanzi e mi trovai in faccia a Vittor Hugo

Era in piedi, solo, immobile.

Che cosa gli dissi? A diciott'anni, in quelle occasioni, si versano delle lagrime. Il pianto è la grande e dolce eloquenza della prima giovinezza. Ma a trent'anni non si piange più. A trent'anni si domina la commozione senza soffocarla, e si parla. L'entusiasmo trabocca, altero di sè stesso, in parole ardite e virili; la fronte si alza, l'occhio divampa, la voce vibra, l'anima grandeggia. Che cos'abbia detto, non so. Qualcuno mi suggeriva nell'orecchio, rapidamente, delle parole ardenti, che io ripetevo colla voce tremante e sonora, provando una immensa dolcezza nel cuore, e vedendo davanti a me, in confuso, una testa bianca che mi pareva enorme, e due pupille fisse nelle mie che pigliavano a grado a grado una espressione di curiosità e di benevolenza. Tutt'a un tratto tacqui, come se una mano mi avesse afferrato alla gola e restai col respiro sospeso,

Allora la mia affettuosa ammirazione di venti anni, la costanza del mio ardente desiderio, le mie trepidazioni di quel giorno, le mie inquietudini dei giorni innanzi, i miei terrori di fanciullo, le mie veglie di giovanetto, le mie febbri di uomo, le mie umiliazioni di scrittore ebbero un grande compenso.

La mano che scrisse *Notre Dame*, e la *Légende des siècles* strinse la mia.

E subito dopo provai un secondo sentimento, forse più dolce del primo.

La mano sinistra del grande poeta raggiunse la destra, e la mia mano calda e tremante rimase per qualche momento tra le sue.

Seguì un breve silenzio, durante il quale sentii il suono del mio respiro, come se avessi fatto una corsa.

Poi sentii la sua voce; una voce grave, ma dolce, in cui mi parve di sentire mille voci, e che mi stupì, come se, udendola, vedessi comparire Vittor Hugo per la seconda volta.

—Siete il benvenuto in casa mia, signore—disse.—Voi avete cuore.
Siete un amico. Avete fatto bene a presentarvi così. Vi ringrazio
con tutta l'anima. Non volete mica lasciarmi subito, non è vero?
Voi resterete con me tutta la sera.

Poi mi domandò:

—Di che paese siete?

Inteso ch'ero italiano, mi guardò fisso. Poi mi prese di nuovo la mano, mi fece sedere e sedette.

Che cosa dirgli, Dio buono! A un uomo così, quando gli avete espresso con tutta l'anima quello che sentite per lui, lì su due piedi, nel primo impeto dell'entusiasmo, gli avete detto tutto. Non rimane che rivolgergli delle domande. Ma che cosa fargli dire ch'egli non abbia scritto? Conoscete da tanti anni tutti i suoi più intimi pensieri, ogni domanda par che sia oziosa, e poi quando si ha appena tanto animo da rispondere, non si può averne abbastanza da interrogare. Perciò rimasi lì, senza parola. E d'altra parte, che cosa poteva dire a me, lui? Nondimeno, per levarmi d'imbarazzo, mi fece parecchie domande intorno alle mie impressioni di Parigi, all'Esposizione, all'Italia; domande che, invece di togliermi d'imbarazzo, mi ci avrebbero messo fino agli occhi, se non mi fossi accorto che, da osservatore fine degli uomini, egli badava assai più alla viva commozione che trapelava dalla mia voce incerta, dalle mie risposte monosillabiche e dal mio sguardo fisso che io divorava, che non al senso di quello che io dicevo. E mi guardava con una cert'aria affettuosa, corrugando le sopracciglia e socchiudendo gli occhi per aguzzare lo sguardo, e sorridendo leggerissimamente, come se si compiacesse dell'effetto che mi produceva, e mi dicesse in cuor suo:—Guardami, via; levatene un po' la voglia, povero giovane, perchè te la leggo proprio sul viso, e m'hai l'aria d'un buon diavolo sincero.

E l'osservai infatti, in quei pochi minuti, attentissimamente; ma non potei vederlo bene che più tardi perchè il lume non gli batteva sul viso. È di statura media, leggermente curvo, tarchiato. Ha la testa grossa, ma ben fatta; fronte vasta, collo di toro, spalle larghe, mani corte e grosse, e una carnagione rossigna da cui traspira la salute e la forza. Tutta la sua persona ha qualcosa di poderoso e d'atletico, come il suo genio. Ha i capelli irti e fitti, la barba intera e corta, bianchissima; gli occhi lunghi e stretti, un po' obliqui, come i fauni; il che dà al suo viso un aspetto un po' strano. Se siano neri o azzurri, non ricordo. Sono occhi vivissimi e mobilissimi, che paiono socchiusi, e appariscono soltanto come due punti scintillanti, che quando fissano, penetrano in fondo all'anima. Aveva una giacchetta d'orleans nero e il suo solito panciotto oscuro, abbottonato fin sotto il mento. La prima impressione che mi fece fu d'un uomo abitualmente triste.

—Ora staremo un po' insieme,—mi disse, dopo avermi fatto qualche altra domanda,—e poi verrete di là con me, nel salotto, dove conoscerete alcuni degli uomini più notevoli della Francia. In che città abitate, in Italia?

Diedi la mia risposta in fretta, e nello stesso punto mi prese una grande paura.—Se mi domandasse qual è la mia professione!—dissi tra me. E mi sentii diventar rosso fino alla radice dei capelli.

Fortunatamente per me, mentre apriva la bocca per interrogare, entrò gente.

Allora assistetti a una scena, o piuttosto a una serie di scene tra amene e commoventi, che mi diedero un'idea di cosa dev'essere la giornata di Vittor Hugo, e mi compensarono di non aver potuto continuare la conversazione a quattr'occhi.

Un signore venne innanzi, e dopo di lui, a intervalli di pochi minuti, vari altri, di età diversa, i quali vedevano tutti Vittor Hugo per la prima volta, e avevan chiesto per lettera quel giorno stesso, da quanto m'accorsi, d'essere ricevuti. Uno veniva per domandare il permesso d'una ristampa di non so che poesia, un altro a chiedere una spiegazione intorno alla variante della scena di un dramma; un terzo a chiedere la licenza di dedicare un'opera; un quarto, un bel giovane belga, con una lunga cicatrice sul viso, si trovava nei miei stessissimi panni: veniva, mosso dalla ammirazione, non per altro che per veder Vittor Hugo. D'altri non mi ricordo. Ebbene, ebbi la consolazione di vedere che giovani e vecchi, francesi e stranieri, si presentavano presso a poco nel medesimo stato in cui mi trovava io al momento di passare la soglia. Le loro facce esprimevano, tutte una viva emozione, e tutti più o meno, spiccicavano le parole con molta fatica. E ammirai la dolcezza di modi di Vittor Hugo. A ognuno andava incontro e gli stendeva la mano con un atto cordiale e semplice. Ma non si ricordava, naturalmente, del nome di nessuno. Fingeva però di ricordarsene.—Mi ricordo benissimo—diceva—; senza dubbio. Voi siete molto amabile con me, signore.—Faceva seder tutti e stava a sentire, l'un dopo l'altro, i loro discorsi balbettati e imbrogliati, assentendo di tratto in tratto col capo. Non lo vidi mai sorridere. Pareva stanco,—Ma sicuro,—diceva infine, con voce dolce,—avrete quello che desiderate. Posso esservi utile in qualche cos'altro?—Parlando con quello della variante, mi fece strabiliare. Si trattava, se non sbaglio, d'una scena del *Roi s'amuse*. Egli se la ricordava verso per verso, e ne recitò speditamente una decina per rammentarsene uno che nel primo momento non gli era venuto alla mente. La sua memoria prodigiosa, del resto, si rivela nella immensa ricchezza della sua lingua e nelle citazioni infinite delle sue opere. Per ultimo si fece innanzi il giovane belga, timidamente, tormentando con tutt'e due le mani l'ala del suo cappello cilindrico, e disse con voce commossa, fissando in viso a Vittor Hugo due occhi azzurri e umidi:—Signore! Io son venuto a Parigi per vedervi. Sono di Bruges. Non avevo il coraggio di presentarmi. Mio padre mi scrisse:—Va, Vittor Hugo è grande e buono; non rifiuterà di riceverti.—E allora vi scrissi. Vi ringrazio. Mi sarei contentato di vedervi passare per la strada. Io vi debbo uno dei più bei giorni della mia vita, signore!—Disse queste poche parole con una semplicità e una grazia, da farsi baciare sulla fronte. Vittor Hugo gli rispose non so che cosa, affettuosamente, mettendogli una mano sulla spalla. Il suo viso sfolgorò. Tutti gli altri, in disparte, tacevano. Poi Vittor Hugo ci guardò tutti, l'un dopo l'altro, benevolmente; tutti gli tenevan gli occhi addosso, nessuno fiatava, egli parve un po' imbarazzato e sorrise; e fu per qualche momento una scena muta, ma piena di vita e di poesia, di cui serberò il ricordo e sentirò la gentilezza per sempre.

Poi alcuni si congedarono e Vittor Hugo fece entrar gli altri nel salotto accanto, stringendo la mano a tutti, mentre gli passavano davanti.

Questo secondo salotto era pieno di gente, la maggior parte amici di casa. Era un salotto di grandezza media, piuttosto basso, tappezzato di rosso, mobiliato signorilmente, senza pompa. Da una parte c'eran quattro sofà disposti a semicircolo, un po' discosti l'un dall'altro, intorno a un camminetto di marmo; sul camminetto, un antico specchio; sulle pareti, nessun quadro. La casa, tutto considerato, non mi parve una casa da poeta milionario. C'era però nella decorazione una predominanza di rosso cupo e di rosso sanguigno, che armonizzava col genio del padrone. La gente sparsa per la sala formava un quadro assai curioso. Il primo che mi diede nell'occhio, per la macchia stranissima che formava in quel quadro,—come certe parole bizzarre in una bella pagina dell'Hugo,—fu un mulatto di forme colossali, in giubba e cravatta bianca, che sfogliava un album. E gli domando scusa, ma voglio dir la verità, ed è che al primo vederlo pensai a quell'*Homére-Hogu, nègre*, che fa uno spicco così pittoresco nell'elenco nominativo della banda di Patron-Minette, nei *Miserabili*. Mi fu detto poi ch'era un collaboratore della *Petite Presse*, pieno d'ingegno, e molto stimato. In un angolo c'era un gruppo di giovani che discorrevano fitto, ridendo elegantemente: belle fronti, occhi vivi, capigliature poetiche, atteggiamenti d'attori corretti; da cui argomentai che fossero dei così detti *Parnassiens*, poeti dell'arte per l'arte, o meglio del verso pel verso, che hanno per capo il De Lisle; e formano un drappello di paggi nella corte di Vittor Hugo. Mi fu poi indicato, infatti, in mezzo a loro, un poeta di quella famiglia, Catullus Mendes, del quale avevo già osservato il viso espressivo e simpatico, e i lunghi capelli alla nazzarena. Da un'altra parte c'era un crocchio d'uomini maturi, quasi tutti d'alta statura, fra cui alcune belle teste grigie, dai profili arditi, nelle quali mi parve di riconoscere quell'impronta particolare d'austerità e di tristezza, che lasciano le traversie della vita politica, e che rammenta un po' la fierezza pensierosa dei vecchi capitani di bastimento. C'erano due sole signore, sedute vicino al camminetto; una che m'è sfuggita affatto alla memoria, e un'altra che m'è rimasta impressa profondamente: una signora di forti membra, di capelli bianchissimi, di viso grande e aperto, illuminato da due occhi profondi, taciturna; una dama del Velasquez, senza gorgiera. Era quella mademoiselle Drouet, attrice potente, che rappresentò per la prima volta *Lucrezia Borgia*, nel 1833, al teatro della Porte Saint-Martin, dove, come tutti sanno, quel terribile dramma scritto in sei settimane riportò un trionfo meraviglioso, V'erano altri personaggi, che mi parvero stranieri, e che avevan l'aria un po' impacciata di chi si trova in una casa illustre per la prima volta.

Quasi tutti parlavano. Quando entrò Vittor Hugo tutti tacquero.

Egli sedette vicino al camminetto, sopra un sofà, e gli altri gli formarono intorno un grande semicerchio.

Allora potei vederlo e sentirlo bene.

Non so come, la conversazione cadde sul Congresso letterario. Vittor Hugo, interrogato, espose qualcuna delle idee che avrebbe svolte nel suo discorso inaugurale. Ebbene, riconobbi ch'era vero, con mia sorpresa, quello che m'era stato detto del suo modo di parlare in privato. Io m'aspettavo di sentire le antitesi, i grandi traslati, la forma concettosa e paradossale, e l'intonazione imperativa che è nei suoi scritti, specialmente degli ultimi anni. Nulla di tutto questo, È difficile immaginare un linguaggio più semplice, un tuono più modesto, un modo di porgere più naturale di quello ch'egli usava in quella conversazione. Per non aver l'aria di parlare in cattedra, discorreva guardando in viso uno solo, e a bassa voce.—Ecco quello che io direi—diceva—quello che credo di poter dire; ditemi voi se vi pare che sia a proposito.—Non gestiva affatto; teneva tutt'e due le mani sulle ginocchia. Solo di tratto in tratto si grattava la fronte con un dito: movimento che gli è abituale. E dicono che anche discutendo di letteratura, in crocchio ristrettissimo, e toccando le quistioni più ardenti, parla colla medesima semplicità. Di che bisogna concludere proprio che, scrivendo, nell'esaltazione della fantasia, egli cangi quasi di natura, o che parli di freddo proposito quell'altro linguaggio perchè lo creda più alto e più efficace. Mentre parlava, tutti stavano intenti. Mi fece senso il tuono più che rispettoso, quasi timido, con cui gli rivolgevano la parola anche coloro che parevano suoi famigliari. Nessuno l'interrogava senza dire: *Mon maître—Mon cher maître,*—Uno disse:—*grand maître.*—Non vidi mai uno scrittore celebre circondato da uno stuolo d'ammiratori, che somigliasse, come quello, al corteo d'un monarca. È mio dovere d'aggiungere, però, che non vidi mai sul suo viso nemmeno un lampo, che esprimesse compiacenza vanitosa dell'ammirazione che lo circondava. È vero, d'altra parte, che c'è abituato da cinquant'anni.

Un grande lume rischiarava in pieno il suo viso, e io non potevo saziarmi di guardarlo, tanto mi pareva singolare.

Il viso, di Vittor Hugo, infatti, per me, è ancora un problema. È un viso che ha due fisonomie. Quando è serio, è serissimo, quasi cupo; pare un viso che non abbia mai riso, non solo, ma che non possa ridere; e i suoi occhi guardano la gente con un'espressione che mette inquietudine. Gli si direbbe:—Hugo, fatemi la grazia di guardare da un'altra parte.—Sono gli occhi d'un giudice glaciale o d'un duellante più forte di voi, che voglia affascinarvi collo sguardo. In quei momenti mettetegli, col pensiero, un turbante bianco sul capo: è un vecchio sceicco; mettetegli un casco: è un vecchio soldato; mettetegli una corona: è un vecchio re vendicativo e inesorabile. Ha non so che dell'austerità d'un sacerdote e della tetraggine d'un mago. Ha una faccia leonina. Quando apre la bocca, par che ne debba uscire un ruggito, e quando alza il pugno robusto, par che non debba abbassarlo che per stritolar qualche cosa. In quei momenti sul suo viso si legge la storia di tutte le sue lotte e di tutti i suoi dolori, la tenacia ferrea della sua natura, le simpatie tetre della sua immaginazione, i suoi fornati, i suoi feretri, i suoi spettri, le sue ire, i suoi odii; tutta l'*ombre*, come egli direbbe, tutto il *côte noir* delle opere sue. Ma a un tratto, come m'accadde di vedere quella sera, mentre un tale gli raccontava un aneddoto comico d'un fiaccheraio di Parigi, egli dà in una risata così fresca e così allegra, mostrando tutti i suoi denti uniti, piccoli e bianchi; e in quel riso i suoi occhi e la sua bocca pigliano un'espressione così giovanile e così ingenua, che non si riconosce più l'uomo di prima, e si riman là stupiti, come se gli fosse caduta dal viso una maschera, e si vedesse per la prima volta il vero Hugo. E in quei momenti vedete, come per uno spiraglio, dietro di lui, Deruchette, Guillormand, Mademoiselle Lise, Don Cesare di Bazan, Gavroche, i suoi angeli, il suo *ciel bleu*, e tutto il suo mondo luminoso e soave. Ma non sono che lampi, rari sul suo viso come nei suoi libri; dopo di che egli riprende il suo aspetto pensieroso e tetro, come se meditasse la catastrofe d'uno dei suoi drammi sanguinosi. E più si guarda, meno si può credere che sia quello stesso Hugo di mezzo secolo fa, magro, biondo, gentile, al quale gli editori e i direttori di teatro che andavano a cercare a casa l'autore dell'Ernani, dicevano:—Fateci il favore di chiamar vostro padre.

Mentre Vittor Hugo parlava a bassa voce con un suo vicino, io attaccai discorso con un signore accanto a me, un uomo sulla cinquantina, d'una bella fisonomia d'artista; il quale, dopo poche parole, mi disse ch'era amico di Vittor Hugo, e che qualche volta scriveva delle lettere in nome suo.

Fra le altre cose gli parlai dell'emozione che avevo provata la mattina salendo le scale.

—Perchè mai?—mi domandò gentilmente. Vittor Hugo è così —dolce, così affabile con tutti! Egli ha il cuore d'una fanciulla —e i modi d'un bambino. Tutto quello che v'è di aspro e di —terribile nei suoi libri è uscito dalla sua grande immaginazione, —non dal suo cuore. Non vedete che gli trapela la dolcezza dal viso? —Guardatelo.

Lo guardai. In quel momento appunto era così accigliato e così fosco, che non avrei osato sostenere il suo sguardo.

—È vero—risposi.

Poi mi parlò delle sue abitudini.

—Egli ha le abitudini più semplici di questo mondo—disse.—Non lo avete mai incontrato sull'imperiale dell'omnibus di via Clichy? Di tanto in tanto va a far un giro per Parigi nell'omnibus che passa per la sua strada, in specie quando ha bisogno di scrivere. Ritrovarsi così in mezzo al popolo, rivedere tanti luoghi pieni di memorie per lui, contemplare Parigi di volo, dall'alto, all'aria fresca della mattina, lo ispira. In quel momento colsi a volo una frase di Vittor Hugo che mi rimase impressa.—*L'Académie*—diceva—*qui est pleine de bonté pour moi.*—E mi ricordai di quello che avevo inteso dire: che in non so quale occasione, comparendo lui all'Accademia, tutti gli accademici, caso rarissimo, si alzarono in piedi.

E il mio vicino continuò:

—Egli lavora ogni giorno, lavora sempre. Dalla mattina quando si leva fino alle quattro dopo mezzogiorno, è a tavolino. Il suo cervello è sempre in attività. La creazione, per lui, è un bisogno. E anche quando non si sente ispirato, lavora, com'egli dice, *pour se faire la main.* La giornata non gli basta per mettere sulla carta tutto quello che gli ribolle nella testa e nel cuore. Ma il buon Dio gli darà lunga vita ed egli ci darà ancora venti volumi.

Udendo queste parole, non potevo trattenermi dal guardare quel vecchio meraviglioso, come una creatura d'un altro mondo, e al pensare ch'egli lavorava ancora, a quell'età, con un vigore che io non avevo mai avuto, e che lavorava già in quella maniera venticinque anni prima ch'io fossi nato, mi sentii annichilito.

Intanto Vittor Hugo parlava di molte piccole occupazioni che sovente gli portavan via la giornata senza che quasi se n'accorgesse, e diceva con voce stanca, ma bonariamente:

—*Je n'ai pas un minute á moi, vous le voyez bien.*

E tutti risposero a una voce:—È vero.

Poi un po' l'uno e un po' l'altro ricominciarono a raccontare delle barzellette, col proposito espresso, credo, di rallegrarlo; ma ci riuscivano di rado. Di tratto in tratto egli girava lo sguardo intorno, e lo fissava su di me o sul giovane belga, come se s'accorgesse soltanto in quel momento che noi eravamo là, e per toglierci questo sospetto, ci salutava con un sorriso benevolo e rapido, che voleva dire:—Non vi scordo.—Poi gli ridiscendeva sul viso, come una visiera, la sua tristezza.

E intanto io spiavo l'occasione di potergli dir qualche cosa in un cantuccio, che nessun altro sentisse. Ah! non mi mancavano mica, allora, le cose da dirgli. Il coraggio m'era venuto, mille domande mi s'affollavano. Avrei dato un anno della mia vita per poter esser solo un'ora con lui, e afferrarlo per le mani, e dirgli sfrontatamente, guardandolo fisso:—Ma insomma, Hugo! Io voglio leggerti dentro! Che cosa ti senti nel sangue quando scrivi? Che cosa vedi intorno a te, per aria; che voce senti, che ti parla nell'orecchio quando crei? Che cosa fai nella tua stanza, quando ti splende alla mente una di quelle grandi idee che fanno il giro della terra, e quando ti sgorga dalla penna uno di quei versi che vanno al cuore come un colpo di pugnale o come il grido d'un angelo? Dove l'hai conosciuta la tua *Rose* della *vieille chanson du Printemps*, che mi ha fatto sospirare per un anno? Di dove t'è uscito quello spaventoso Mazzeppa, di cui vedo perpetuamente la fuga? Come l'hai sognata la Fidanzata del Timballiere? Di dove l'hai cavato Quasimodo? Rivelami dunque uno dei tuoi mille segreti. Parlami di Fantina, parlami del *Petit roi de Galice*, dimmi qualche cosa del marchese di Lantenac, spiegami come t'è apparso lo spettro che t'ispirò quella spietata pioggia di sangue sulla testa del parricida Kanut, e quell'orribile occhio di fuoco che insegue Caino; dimmi in che parte dell'inferno hai scovato l'amore del prete Claudio e in che parte del cielo hai visto il viso bianco di Dea! Parlami della tua infanzia, delle prime rivelazioni del tuo genio, di quando il Chateaubriand ti chiamò fanciullo sublime; raccontami delle tue veglie tempestose; dimmi se gridi quando ti balenano le immagini che sgomentano, dimmi se piangi quando scrivi le parole che strappano i singhiozzi, descrivimi le tue torture, le tue ebbrezze e le tue furie, dimmi che cosa pensi e che cosa sei, vecchio misterioso e tremendo!

E pensando queste cose andavo cercando una frase molto significante con cui cominciare il discorso, nel caso che il destro si presentasse.

La fortuna m'assistè. Vittor Hugo uscì per un momento, poi tornò vicino al camminetto e mi sedete accanto. La conversazione s'era rotta in molte conversazioni. Il momento non poteva essere più opportuno. Cento interrogazioni mi corsero in un punto alle labbra, e cominciai arditamente:—Signore!

Vittor Hugo si voltò cortesemente, mi mise una mano sopra un ginocchio e mi guardò in atto d'aspettazione.

Che cosa volete! Sono disgrazie che possono capitare a tutti. Vi ricordate del sarto letterato dei *Promessi sposi*, che dopo aver studiate mille belle cose da dire al cardinal Federigo per farsi onore, arrivato il momento, non sa dir altro che un:—Si figuri!—di cui rimane avvilito per tutta la vita? Ebbene, mi duole il dirlo, e lo dico per castigarmi: io feci la stessissima figura di quel sarto; anzi una figura cento volte più trista. Lo sguardo fisso di Vittor Hugo mi turbò, tutte le mie belle idee scapparono, e non dissi altro che questo…

Insomma, bisogna ch'io lo dica.

Io gli domandai se era stato a vedere l'Esposizione!

E rimasi là fulminato dalla mia domanda.

Non ricordo più che cosa Vittor Hugo m'abbia risposto. Ricordo soltanto che, qualche momento dopo, parlando dell'Esposizione, disse:—*C'est un beau joujou.*

—*Mais c'est immense, savez vous, mon maître,*—gli osservò un tale.

Ed egli rispose sorridendo:—*c'est un immense joujou.*

Queste parole, presso a poco, mi parve di sentire dal cupo fondo della mia umiliazione. E non osai più aprir bocca. Vittor Hugo, poco dopo, cambiò di posto, le conversazioni parziali tornarono a confondersi in una sola: l'occasione era perduta. Ma mi consolai presto. Vittor Hugo ricominciò a parlare, ed io socchiudendo gli occhi e guardando in alto, per essere un po' solo con me stesso, cominciai a riandare tutte le belle emozioni di cui ero debitore a quell'uomo, accompagnando il mio pensiero al suono dolce e grave della sua voce; e pensavo alle letture di *Notre Dâme* fatte di nascosto dietro i banchi della scuola, alle tante volte che avevo baciato i volumi delle *Contemplazioni* sotto un capanno di gelsomini, nel giardino della mia casa paterna; ai versi suoi che solevo declamare sotto la tenda, di notte, in mezzo al silenzio degli accampamenti; al batticuore che avevo provato la prima volta che m'era caduto sotto gli occhi un suo informe ritratto in litografia; all'immensa distanza che sentivo tra lui e il mio desiderio di conoscerlo, nella piccola città di provincia dove avevo letto il suo primo libro; a un giorno che, ancora ragazzo, avevo fatto ridere mio padre domandandogli:—E se comparisse tutt'a un tratto Vittor Hugo, mentre noi siamo a tavola, che cosa faresti?—; e tutti questi ricordi lontani, evocati là, vicino a lui, mi commovevano, e ripetevo tra me:-Ed ora l'ho conosciuto, lo conosco, sono nella sua casa; questa voce che sento è la sua;—egli è qui,—a un passo da me. Ma è proprio vero?—E aprivo gli occhi e dicevo:—Eccolo lì, il mio caro e terribile Hugo; non è mica un sogno, per Dio!

Mentre m'abbandonavo a questi pensieri, sentii tutt'a un tratto che tutti s'alzavano e salutavano. M'avvicinai anch'io a Vittor Hugo, gli presi la destra con tutt'e due le mani…. e non potei dire una parola.

Ma egli mi guardò e mi comprese, e disse, stringendomi la mano, e fissandomi con uno sguardo sorridente e un po' triste:

—Addio, caro signore.

Poi soggiunse:—No, addio. A rivederci, non è vero?

Non so…. mi par d'aver fatto la bestialità di rispondere: A rivederci.

E uscii di là commosso, felice, con un po' di melanconia, e molto confuso, dando una fiancata in un seggiolone.

CAPITOLO VIII

Questa è l'impressione che mi fece Vittor Hugo in casa sua. Ma non l'avrei visto intero, se non l'avessi visto in pubblico, in una di quelle solennità, nelle quali, qualunque siano, la sua presenza è lo spettacolo più curiosamente desiderato. Lo vidi nel teatro del *Châtelet* quando pronunziò il suo discorso di presidente per l'inaugurazione del Congresso letterario. Un'ora prima che comparisse, quel vasto teatro era già affollato. La platea era piena di scrittori e d'artisti d'ogni paese, fra cui s'incrociavano gli sguardi curiosi, i cenni e le interrogazioni, conoscendo ciascuno, in quella folla, moltissimi nomi e pochissimi visi, ed essendo desiderio di tutti di completare in quella bella occasione le proprie conoscenze. Si vedeva un gran movimento di teste canute e di teste giovanili, di begli occhi pieni di pensiero, di visi che s'avvicinavano e si sorridevano, di chiome nere che si chinavano dinanzi alle chiome bianche, di mani che si cercavano e si stringevano; e si sentiva parlare tutte le lingue, e correre in ogni parte un fremito di vita, che rallegrava. Sul vasto palco scenico illuminato, v'erano i delegati di tutte le nazioni, dalla Svezia all'Italia, e dalla repubblica di San Salvador alla Russia: un grande stato maggiore di poeti, di romanzieri, di dotti, d'uomini di Stato, di pubblicisti e d'editori, fra cui spiccava il viso fine e sorridente del Turghenieff, la bella testa ardita di Edmondo About e la figura simpatica di Jules Simon, bersagliati da mille sguardi. Ma la grande curiosità era di vedere Vittor Hugo. C'erano centinaia di stranieri che non l'avevano mai visto; il suo nome suonava su tutte le labbra; quasi tutti gli sguardi eran rivolti dalla parte del palco dove doveva apparire. Ad ogni movimento che si facesse tra le scene, seguiva un rimescolìo profondo in tutto il teatro. Era bello e consolante vedere una curiosità così ardente in quella gran folla così varia di sangue, e pensare che chi la provocava era un vecchio poeta. Improvvisamente tutti i delegati s'alzarono, fra tutte quelle teste grigie e bianche si vide apparire una testa più bianca di tutte, e uno scoppio formidabile d'applausi—uno di quegli applausi che debbono destare nell'anima di chi li riceve un senso quasi di sgomento, e che ripercuotendosi nell'anima di chi applaudisce, v'ingigantiscono il sentimento che li ha fatti prorompere;—un solo immenso applauso, tempestoso, ostinato, interminabile, fece tremare il teatro. Sul viso di Vittor Hugo passò un lampo—un lampo solo—ma che rivelò tutta l'anima sua. Subito dopo riprese il suo aspetto abituale di gravità. S'avvicinò alla ribalta. a passi un po' incerti, circondato dal suo illustre corteo, si mise accanto a un tavolino, e cominciò a leggere il suo discorso, scritto a caratteri enormi sopra grandissimi fogli. Non fu uno dei suoi discorsi più felici; ma non è qui il luogo di giudicarlo. Lesse lentamente, ad alta voce, spiccando con arte perfetta ogni frase, ogni parola, ogni sillaba. La sua voce è ancora gagliarda e sonora, benchè nei lunghi periodi s'affievolisca un poco, e gli sfugga qualche volta in note acute e stridenti. Ebbe dei momenti stupendi. Quando disse:

—Voi siete gli ambasciatori dello spirito umano in questa grande Parigi; siate i benvenuti; la Francia vi saluta,—disse le ultime parole con un accento pieno di nobiltà e con un gesto largo e vigoroso, che scosse tutto il teatro. Quando disse:—*Hommes du passè, prenez-en votre parti, nous ne vous craignons pas,*—e così dicendo, scrollò e levò in alto, come un leone, la sua testa possente, e fissò gli occhi fulminei in fondo alla sala, in aria di sfida e di minaccia, e restò qualche momento immobile in quell'atto, col viso infocato, in mezzo a un silenzio profondo; fu veramente bello e terribile come un canto dei suoi *Châtiments*, e un brivido corse per la platea. Poi il suo discorso pieno fino a quel punto di collere sorde, si raddolcì sull'argomento dell'amnistia, e allora la sua voce mutò suono, e parve quella d'un altro, e quelle nobili parole:— Tutte le feste son fraterne; una festa non è festa se non perdona a qualcuno,—le disse con un accento inesprimibilmente soave di pietà e di preghiera, che suscitò nella folla un violento fremito di consenso, cento volte più eloquente dell'applauso. E infine dicendo quella frase:—V'è una cosa più grande di qualunque trionfo, ed è lo spettacolo della patria che apre le braccia e del proscritto che appare all'orizzonte,—colorì il suo pensiero con un atto solenne della mano e con uno sguardo dolcissimo e triste, che provocò un uragano d'applausi e di grida. Dopo di lui, parlarono molti altri, terminando tutti i loro discorsi con un saluto riverente al grande maestro; ma egli non diede segno alcune di commozione. Solo di tratto in tratto la sua fronte si rischiarava; ma tornava subito a corrugarsi, come se il pensiero ostinato e implacabile, che l'aveva lasciato libero un momento, si fosse daccapo impadronito di lui. Finito l'ultimo discorso, si alzò e s'avviò per uscire. E allora tuonò un ultimo applauso, più caldo, più fragoroso e più persistente del primo, accompagnato da uno scoppio, di grida d'entusiasmo, che lo costrinsero a soffermarsi. Non era un applauso al discorso; era un applauso alle *Orientali* e alla *Leggenda*, era un tributo di gratitudine al poeta dei grandi affetti, un saluto all'antico lottatore, un buon augurio al settuagenario, un addio all'uomo che molti non avrebbero mai più riveduto.—Egli rispose con un lungo sguardo e disparve.

CAPITOLO IX

55

Ecco Vittor Hugo come io lo vidi, nel colmo delle sua gloria. Le generazioni avvenire lo vedranno alla stessa altezza? I più ne dubitano. Ma il tempo non potrà far di più che spolparlo: la sua ossatura colossale rimarrà diritta, come un enorme albero sfrondato, sull'orizzonte della storia letteraria del secolo, e legioni d'ingegni voleranno colle penne cadute dalle sue ali. Egli è uno di quegli scrittori poderosi, che si presentano alla posterità insanguinati, scapigliati ed ansanti, portando sul proprio stemma i titoli delle loro opere come nomi di battaglie vinte o di disastri gloriosi o di sublimi follie, e la posterità li saluta con riverenza, come grandi atleti feriti. Egli sarà certo ammirato almeno come uno dei più strani fenomeni letterari del suo tempo, e uno degli esempi più meravigliosi della forza e dell'ardimento dell'ingegno umano.*Il est bon*, come disse egli stesso, *quel'on trouve sur les sommets ces grands exemples d'audace.* Egli ha mostrato le altezze a cui il genio può salire e ha rischiarato i precipizii in cui il genio rovina. Ha fatto pensare e palpitare per mezzo secolo milioni di creature umane. Quando non rimanesse altro di lui, rimarrebbe come un fatto storico la sua popolarità immensa fra tutte le genti, come un esempio consolante dell'eco che può trovare nell'umanità la parola d'un uomo che non ha altra forza che la parola. Ma egli rimarrà saldo e superbo sopra una sommità solitaria, e quanto più la letteratura, nel suo paese e in tutta Europa, s'affonderà nello scetticismo, nella sensualità e nella putredine, e più parrà alta e nobile la sua figura lontana. E la giornata del grande lavoratore non è per anco finita. Ora par che attraversi un triste periodo. Dio voglia che ne esca, e che noi sentiamo ancora per molti anni la sua voce potente, che commosse già la giovinezza dei nostri padri. Essa ci dirà fino all'ultimo momento qualche cosa di grande e di vero. L'abbiamo intesa da fanciulli; vorremmo intenderla ancora «quando l'albero comincierà a rendere alla terra le sue foglie morte.» Noi gli facciamo quest'augurio. Noi speriamo che il grande poeta, sorto coll'alba dell'ottocento, accompagni il secolo fino al tramonto; che il suo genio risplenda fin che batterà il suo cuore, e che l'Europa raccolga insieme l'ultimo soffio della sua vita secolare e l'ultimo canto della sua epopea immortale.

EMILIO ZOLA

CAPITOLO I

Una volta, in un vagone, vidi un francese che leggeva un libro con grande attenzione, facendo di tanto in tanto un segno di stupore. Tutt'a un tratto, mentre cercavo di leggere il titolo sulla copertina, esclamò:—*Ah! c'est dégoûtant!*—e cacciò il libro nella valigia, con un atto di sdegno e di disprezzo. Rimase qualche minuto sopra pensiero; poi riaperse la valigia, riprese il libro e ricominciò a leggere. Poteva aver letto un paio di pagine, quando diede improvvisamente in una grande risata, e voltandosi verso il suo vicino, disse:—Ah! caro mio, c'è qui una descrizione d'un pranzo di nozze che è una vera meraviglia!—Poi continuò la lettura, dando a vedere in mille modi che ci provava un gusto infinito. Il libro era l'*Assommoir*. Quello che accadde a quel francese leggendo l'*Assommoir*, accade a quasi tutti alla prima lettura dei romanzi dello Zola. Bisogna vincere il primo senso di ripugnanza: poi, qualunque sia l'ultimo giudizio che si porta sullo scrittore, si è contenti d'averlo letto, e si conclude che si doveva leggere. Il primo effetto che produce, in specie dopo la lettura d'altri romanzi, è come quello che si prova all'uscire da un teatro caldo e profumato, ricevendo nel viso il soffio fresco dell'aria aperta, il quale dà una sensazione viva di piacere, anche quando porta un cattivo odore. Letti i romanzi suoi, pare che in tutti gli altri, anche nei più veri, ci sia un velo tra il lettore e le cose; e che ci corra la stessa differenza che fra visi umani, gli uni ritratti in una tela e gli altri riflessi in uno specchio. Par di vedere e di toccare la Verità per la prima volta. Certo che, per quanto si abbia lo stomaco forte e *le nez solide*; come *Gervaise* all'ospedale, qualche volta bisogna fare un salto indietro, come a una fiatata improvvisa d'aria pestifera. Ma anche in quei punti, come quasi ad ogni pagina, nell'atto stesso che protestiamo furiosamente:—Questo è troppo!—c'è un diavolo dentro di noi che ride e strepita e se la gode mattamente, a nostro dispetto. Si prova lo stesso piacere che a sentir parlare un uomo infinitamente schietto, anche quando sia brutale; un uomo che esprime, come dice Otello, la sua peggiore idea colla sua peggiore parola, che descrive quello che vede, che ripete quello che ascolta, che dice quello che pensa, che racconta quello che è, senza nessun riguardo di nessunissima natura, come se parlasse a sè stesso. Alla buon'ora. Fin dalle prime righe, si sa con chi s'ha da fare. I delicati si ritirino. È un affar convenuto: egli non tacerà nulla, non abbellirà nulla, non velerà nulla, nè sentimenti, nè pensieri, nè discorsi, nè atti, nè luoghi. Sarà un romanziere giudice, chirurgo, casista, fisiologo, perito fiscale, che solleverà tutti i veli, e metterà le mani in tutte le vergogne, e darà il nome proprio a tutte le cose, freddamente, non badando, anzi meravigliandosi altamente della vostra meraviglia. E così è in fatti. Nell'ordine morale, egli svela dei suoi personaggi fin quei profondissimi sentimenti, che sogliono essere per tutti segreti eterni, quando non si bisbiglino tremando nel finestrino d'un confessionale; nell'ordine materiale, ci fa sentire tutti gli odori, tutti i sapori e tutti i contatti; e in fatto di lingua ci fa grazia appena di quelle pochissime parole assolutamente impronunziabili, che i ragazzi viziosi cercano di soppiatto nei vocabolari. Su questa via nessuno è mai andato più in là, e non si sa proprio se si debba ammirare di più il suo ingegno o il suo coraggio. Fra le miriadi di personaggi di romanzo che abbiamo nella memoria, i suoi rimangono come affollati in disparte, e sono i più grossi e i più palpabili di tutti. Non li abbiamo solamente visti passare e sentiti discorrere; ci siamo strofinati contro di loro, abbiamo sentito il loro fiato, l'odore delle loro carni e dei loro panni; abbiamo visto circolare il sangue sotto la loro pelle; sappiamo in che atteggiamento dormono, che cosa mangiano, come si vestono e come si spogliano; conosciamo il loro temperamento al pari del nostro, le predilezioni più segrete dei loro sensi, le escandescenze più turpi del loro linguaggio, il gesto, la smorfia, le macchie della camicia, le scaglie della cute e il sudiciume delle unghie. E come i personaggi, ci stampa nella mente i luoghi, poichè contempla tutte le cose collo stesso sguardo, che abbraccia tutto, e le riproduce colla stessa arte, a cui non sfugge nulla. In una stanza già disegnata e dipinta, si sposta il lume; egli interrompe il racconto per dirci dove guizza e in che cosa si frange, nella nuova direzione, il raggio della fiammella, e come luccicano, in un angolo oscuro, le gambe d'una seggiola e i cardini d'una porta. Dalla descrizione d'una bottega ci fa capire che è sonato da poco mezzogiorno, o che manca un'ora circa al tramonto. Nota tutte le ombre, tutte le macchie di sole, tutte le sfumature di colore che si succedono d'ora in ora sulla parete, e rende ogni cosa con una così meravigliosa evidenza, che cinque anni dopo la lettura, ci ricorderemo dell'apparenza che presentava una tappezzeria, verso le cinque di sera, quando le tendine della finestra erano calate, e dell'azione che esercitava quella apparenza sull'animo d'un personaggio ch'era seduto in un angolo di quella stanza. Non dimentica nulla, e dà vita ad ogni cosa, e non c'è cosa dinanzi a cui il suo pennello onnipotente s'arresti; nè i mucchi di biancheria sudicia, nè i vomiti dei briachi, nè la carne fradicia, nè i cadaveri disfatti. Ci fa uscire col mal di capo dall'alcova profumata di Renée, e ci fa stare un'ora in una bottega da salumaio, in compagnia della bella Lisa, dal seno saldo e immobile che pare un ventre, in mezzo alle teste di porco affondate nella gelatina, alle scatole di sardelle, che trasudano l'olio, ai prosciutti sanguinanti, al vitello lardato e ai pasticci di fegato di lepre, dipinti, o piuttosto dati a fiutare e a toccare in maniera, che, terminata la lettura, si lascia il libro, senz'avvedersene, e si cerca colle mani la catinella. E via via, il buon odore delle spalle di Nana, l'odor di pescheria delle sottane della bella normanna, il puzzo dell'alito di Boit-sans-soif, il tanfo del baule di Lantier; egli ci fa sentir tutto, inesorabilmente, aprendoci le narici a forza coll'asticciuola della penna; e descrive il parco del Paradou fiore per fiore, il mercato di Sant'Eustachio pesce per pesce, la bottega di madame Lecoeur cacio per cacio, e il pranzo di Gervaise boccone per boccone. Nella stessa maniera procede riguardo alle occupazioni dei suoi personaggi, alle quali ci fa assistere, spiegandole minutamente, di qualunque natura esse siano, in modo che s'impara dai suoi romanzi, come da Guide pratiche d'arti e mestieri, a fare i biroldi, a lavorar da ferraio, a stirar le camicie, a trinciare i polli, a saldar le grondaie, a servire la messa, a dirigere una contraddanza. Fra tutte queste cose, in tutti questi luoghi, di cui si respira l'aria, e in cui si vede e si tocca tutto, si muove una folla svariatissima, di signore corrotte fino alla midolla, d'operai incarogniti, di bottegaie sboccate, di banchieri bindoli, di preti bricconi, di sgualdrinelle, di bellimbusti, di mascalzoni e di sudicioni d'ogni tinta e d'ogni pelo,—fra i quali apparisce qua e là, *rara avis*, qualche faccia di galantuomo,—: e lì fanno fra tutti un po' di tutto, dal furto all'incesto, girando fra il codice penale e l'ospedale o il monte di pietà e la taverna, a traverso a tutte le passioni e a tutti gli abbrutimenti, fitti nel fango fino al mento, in un'aria densa e grave, ravvivata appena di tempo in tempo dal soffio d'un affetto gentile, e agitata alternatamene da alti cachinni plebei e da grida strazianti di affamati e di moribondi. E malgrado ciò, egli è uno scrittore morale. Si può affermarlo risolutamente. Emilio Zola è uno dei romanzieri più morali della Francia. E fa davvero stupore che ci sia chi lo mette in dubbio. Del vizio egli fa sentire il puzzo, non il profumo; le sue nudità son nudità di tavola anatomica, che non ispirano il menomo pensiero sensuale; non c'è nessuno dei suoi libri, neanche il più crudo, che non lasci nell'animo netta, ferma, immutabile l'avversione o il disprezzo per le basse passioni che vi sono trattate. Egli non è, come il Dumas figlio, legato da un'invincibile simpatia ai suoi mostri di donne, a cui dice:—Infami—ad alta voce o—care—a fior di labbra. Egli mette il vizio alla berlina, nudo, brutalmente, senza ipocrisia e senza pietà, e standone tanto lontano che non lo sfiora neanche coi panni. Forzato dalla sua mano, è il vizio stesso che dice:—sputate e passate.—I suoi romanzi, come dice egli stesso, sono veramente «morale in azione.» Lo scandalo che n'esce non è che per gli occhi e per gli orecchi. E come si tien fuori, come uomo, dalla melma che rimescola colla penna, si tien fuori completamente, come scrittore, dai personaggi che crea. Non c'è forse altro romanziere moderno che si rimpiatti più abilmente di lui nelle opere proprie. Letti tutti i suoi romanzi, non si capisce chi sia e che cosa sia. È un osservatore profondo, è un pittore strapotente, è uno scrittore meraviglioso, forte, senza rispetti umani, brusco, risoluto, ardito, un po' di malumore e poco benevolo; ma non si sa altro. Soltanto, benchè non si veda mai a traverso le pagine del suoi libri il suo viso intero, si intravvede però la sua fronte segnata da una ruga diritta o profonda, o s'indovina ch'egli deve aver visto da vicino una gran parte delle miserie e delle prostituzioni che descrive. E pare un uomo, il quale essendo stato offeso dal mondo, se ne vendichi strappandogli la maschera e mostrando per la prima volta com'è: in gran parte odioso e schifoso. Una persuasione profonda lo guida e lo fa forte: che si debba dire e descrivere la verità; dirla e descriverla ad ogni proposito, a qualunque costo, qualunque essa sia, tutta, sempre, senza transazioni, sfrontatamente. Ha in questo anche lui, come dice dello Shakespeare Vittor Hugo, *une sorte de parti pris gigantesque*. A questo «partito preso» adatta conseguentemente l'arte sua, che viene ad essere una riproduzione piuttosto che una creazione; ed è infatti un'arte tranquilla, paziente, metodica, che non manda grandi lampi, ma che rischiara ogni cosa, d'una luce eguale, da tutte le parti; ardimentosa, ma guardinga nei suoi ardimenti; sempre sicura dei fatti propri; che s'alza poco, ma non casca mai, e procede a passo lento, ma per una via direttissima, verso un termine che vede chiarissimamente. I suoi romanzi non son quasi romanzi. Non hanno scheletro, o appena la colonna vertebrale. Provate a raccontarne uno: è impossibile. Sono composti d'una quantità enorme di particolari, che vi sfuggono in gran parte dopo la lettura, come i mille quadretti senza soggetto d'un museo olandese. Perciò si rileggono con piacere. Vi si aspetta di pagina in pagina un grosso fatto, che ci fugge davanti, e non si raggiunge mai. Non vi accade mai un urto forte di affetti, d'interessi, di persone, che tenga l'animo sospeso, e da cui tutto il romanzo dipenda. Non ci sono punti alti, da cui si domini con uno sguardo un grande spazio; è una continua pianura in cui si cammina a capo chino, deviando ogni momento e arrestandosi ad ogni passo ad osservare la pietra, l'insetto, l'orma, il filo d'erba. I suoi personaggi non agiscono quasi. La maggior parte non sono necessarii a quella qualsiasi azione che si svolge nel romanzo. Non son personaggi che recitino la commedia; son gente intesa alle proprie faccende, colta colla fotografia istantanea, senza che se n'accorga. Nel romanzo c'è qualche mese o qualche anno della vita di ciascuno. Li vedete vivere, ciascuno per conto proprio, e ciascuno v'interessa principalmente per sè medesimo; poco o punto per quello che ha che fare cogli altri. Di qui nasce la grande efficacia dello Zola. Di quanto difetta il suo romanzo in orditura, di tanto abbonda in verità. Non ci si vede la mano del romanziere che sceglie i fatti, che li accomoda per congegnarli, che li nasconde l'un dietro l'altro per sorprenderci, e che prepara un grande effetto con mille piccoli sacrifizi della verosimiglianza e della ragione. Il racconto va da sè, in modo che non par possibile altrimenti, e sembra una esposizione semplice del vero, non solo per i caratteri, ma anche per la natura dei fatti, e per l'ordine in cui si succedono. Si legge e par di stare alla finestra, e di assistere ai mille piccoli accidenti della vita della strada. Perciò quasi tutti i romanzieri, in confronto suo, fanno un po' l'effetto di giocatori di bussolotti. E non avendo la preoccupazione comune degli scrittori di romanzo, d'annodare e di districare molte fila e di tirarle da varie parti ad un punto, è libero di rivolgere tutte le sue facoltà al proprio fine, che è di ritrarre dal vero, e può così raggiungere in quest'arte un grado altissimo di potenza. Non ha, d'altra parte, delle facoltà molto varie; e lo sente; e quindi aguzza e fortifica mirabilmente quelle che possiede, per supplire al difetto delle altre. E si può mettere in dubbio se questo difetto sia a deplorarsi, che forse una più vasta immaginazione avrebbe dimezzato da un altro lato la sua potenza, distraendo una parte delle sue forze dalla descrizione e dall'analisi. Dotato invece come si ritrova, egli concepisce il romanzo in maniera, che il suo concetto e il suo scopo, non inceppano menomamente la libertà del suo lavoro. Inteso ad una scena e ad un dialogo, par che dimentichi il romanzo; è tutto lì; vi si sprofonda e vi lavora con tutta l'anima sua. Il dialogo procede senza scopo, la scena si svolge senza vincoli, e perciò son sempre, l'uno e l'altra verissimi. Intanto egli coglie a volo mille nonnulla, il carro che passa, la nuvola che nasconde il sole, il vento che agita la tenda, il riflesso d'uno specchio, un rumore lontano, e il lettore stesso, dimenticando ogni altra cosa, vive tutto collo scrittore in quel momento e in quel luogo, e vi prova una illusione piacevolissima, che non gli lascia desiderare null'altro. Con questa facoltà di dar rilievo a ogni menoma cosa, e lavorando, come fa, ordinato e paziente, riesce insuperabile nell'arte delle gradazioni, nell'esporre, per una serie di transizioni finissime, la trasformazione lenta e completa d'un carattere o d'uno stato di cose, in modo che il lettore va innanzi, con lui, senz'accorgersene, a piccolissimi passi, e prova poi un sentimento di profonda meraviglia, quando arriva alla fine, e riconosce, voltandosi indietro, che ha fatto un immenso cammino. La efficacia grande di parecchi suoi romanzi consiste, quasi intera in quest'arte. I suoi romanzi son fatti a maglia: una maglia fittissima di piccoli episodi, formati di dialoghi rotti e di descrizioni a ritornello, in cui ogni parola ha colore e sapore, e ogni inciso fa punta, e in ogni periodo c'è, per così dire, tutto lo scrittore. È raro che ci si provi una emozione fortissima e improvvisa. È forse unica nei suoi romanzi la scena desolante e sublime del *Monsieur, écoutez donc*, di Gervaise, quando s'offre a chi passa, moribonda di fame, e quando si sfama, piangendo, sotto gli occhi di Goujet. Quasi sempre, leggendo, si prova un seguito di sensazioni acri di piacere, di piccole scosse e di sorprese che lasciano l'animo incerto; qui una risata, là un brivido di ribrezzo, un po' d'impazienza, una meraviglia grande per una descrizione prodigiosamente viva, una stretta al cuore per una piaga umana spietatamente denudata, e un leggiero stupore continuo dalla prima all'ultima pagina, come allo svolgersi d'una serie di vedute d'un paese nuovo. Son romanzi che si fiutano, che si assaporano a centellini, come bicchieri di liquore, e che lasciano l'alito forte e il palato insensibile ai dolciumi. A ciò contribuisce in gran parte il suo stile, solido, sempre stretto al pensiero, pieno d'artifizi ingegnosissimi, accortamente nascosti sotto un certo andamento uniforme, padroneggiato sempre dallo scrittore, stupendamente imitativo dei movimenti e dei suoni, risoluto ed armonico, che par accompagnato dal picchio cadenzato d'un pugno di ferro sul tavolino, e in cui si sente il respiro largo e tranquillo d'un giovane poderoso. La forza, infatti, è la dote preminente dello Zola, e chiunque voglia definirlo dice per prima cosa:—È potente. Ognuno dei suoi romanzi è *un grand tour de force*, un peso enorme ch'egli solleva lentamente e rimette lentamente per terra, facendo quanto è in lui per dissimulare lo sforzo. Letta l'ultima pagina, vien fatto di dire:—*Hein? quelle poigne!*—come quei tre beoni dell'*Assommoir*, a proposito del marchese che aveva steso in terra tre facchini a colpi di testa nel ventre. Ed è strana veramente l'apparizione di questo romanziere in maniche di camicia, dal petto irsuto e dalla voce rude, che dice tutto a tutti, in piena piazza, impudentissimamente; la sua apparizione improvvisa in mezzo a una folla di romanzieri in abito nero, ben educati e sorridenti, che dicono mille oscenità in forma decente, in romanzetti color di rosa fatti per le alcove e per le scene. Questo è il suo più alto merito. Egli ha buttato in aria con un calcio tutti i vasetti della toeletta letteraria e ha lavato con uno strofinaccio di tela greggia la faccia imbellettata della Verità: Ha fatto il primo romanzo popolare che abbia veramente «l'odore del popolo.» Ha aggredito quasi tutte le classi sociali, flagellando a sangue la grettezza maligna delle piccole città di provincia, la furfanteria dei faccendieri d'alto bordo; la corruzione ingioiellata, l'intrigo politico, l'armeggio del prete ambizioso, la freddezza crudele dell'egoismo bottegaio, l'ozio, la ghiottoneria; la lascivia, con una tale potenza, che quantunque preceduto su questa via da altri scrittori ammirabili, vi parve entrato per il primo, e i flagellati si sentirono riaprire le ferite antiche con uno spasimo non mai provato. Compiendo quest'ufficio, si è forse spinto qualche volta di là dall'arte; ma aperse all'arte nuovi spiragli, per cui si vedono nuovi orizzonti, e insegnò colori, colpi di scalpello, sfumature, forme, mezzi d'ogni natura, da cui potranno trarre un vantaggio immenso altri mille ingegni, benchè avviati, per un'altra strada, ad una meta affatto diversa. E non c'è da temere che derivi da lui una scuola eccessiva e funesta, poichè la facoltà descrittiva, che è la sua dominante, non può arrivare più in là sulla via che egli percorre, nè il culto della verità nuda avere un sacerdote più intrepido e più fedele. Gli imitatori cadranno miserabilmente sulle sue orme, sfiancati, ed egli rimarrà solo dov'è giunto sull'ultimo confine dell'arte sua, ritto a filo sopra un precipizio, nel quale chi vorrà passargli innanzi a ogni costo, cadrà a capofitto. Ma non si può pronunciare su di lui, per ora, l'ultimo giudizio. Non ha che trentasette anni, è ancora nel fiore della sua gioventù di scrittore, ed è possibile che si trasformi crescendo di statura. È vero che la strada per cui s'è messo è così profondamente incassata e inclinata, che non si capisce come ne possa uscire. Ma è certo che ci si proverà, e se non riuscirà nel suo intento, noi assisteremo almeno a uno di quegli sforzi potenti, e avremo da lui uno di quei «capolavori sbagliati» che non destano minor meraviglia dei grandi trionfi.

CAPITOLO II

La sua storia letteraria è una delle più curiose di questi tempi. I suoi primi lavori furono i *Contes à Ninon*, scritti a ventidue anni e pubblicati molto tempo dopo. Lì c'è ancora lo Zola imberbe, con una lagrima negli occhi e un sorriso sulle labbra, appena turbato da una leggera espressione di tristezza. Non tiene affatto a questi racconti, e s'arrabbia coi critici che, o sinceramente o malignamente, dicono di preferirli ai suoi romanzi. A un tale che gli espresse tempo fa questo giudizio, rispose:—Vi ringrazio; ma se venite a casa mia vi farò vedere certi miei componimenti di terza grammatica, che vi piaceranno anche di più.—I suoi primi romanzi furono quei quattro arditissimi, fra cui *Thérèse Raquin*, ora un po' dimenticati, che vennero definiti da un critico «letteratura putrida.» C'era già lo Zola uomo; ma solamente dalla cintola in su. Le sue grandi facoltà artistiche, già spiegate, ma non ancora sicure, sentivano il bisogno di reggersi sopra argomenti mostruosi, che attirassero per sè soli l'attenzione. Si vedeva però già in quei romanzi uno scrittore imperterrito, ch'era risoluto a farsi largo a colpi di gomito, e che aveva il gomito di bronzo. Uno di quei romanzi, *Madeleine Férat*, che s'aggira sopra un fatto osservato dall'autore, d'una ragazza la quale, abbandonata dall'uomo che ama, ne sposa un altro; ed ha parecchi anni dopo un figliuolo che somiglia al primo, gli suggerì l'idea di scrivere quella serie di romanzi fisiologici, che intitolò *Histoire naturelle et sociale d'une famille sous le second Empire*; e fin dal primo giorno gli balenò alla mente tutto il lavoro, e tracciò l'albero genealogico che pubblicò poi nella *Page d'amour*. Credevo che fosse anche questa una delle tante ostentazioni di «un disegno vasto ed antico» con cui gli autori cercano d'ingrandire nel pubblico il concetto delle proprie opere; ma i manoscritti, ch'ebbi l'onore di vedere, mi disingannarono. Fin dal primo principio egli stese l'elenco dei personaggi principali della famiglia Rougon-Macquart, e destinò a ciascuno la sua carriera, proponendosi di dimostrare in tutti gli effetti dell'origine, dell'educazione, della classe sociale, dei luoghi, delle circostanze, del tempo. I primi romanzi di questo nuovo «ciclo» non ottennero molto successo. I linguisti, gli stilisti, tutti coloro che sorseggiano i libri con un palato letterario, ci sentirono della forza, ci trovarono del bello e ci presentirono del meglio; ma non sospettarono che ci fosse sotto un romanziere di primo ordine. Lo Zola se ne indispettì, e gettò allora un guanto di sfida a Parigi, pubblicando quella famosa *Curée*, in cui è manifesta la risoluzione di levar rumore a ogni costo; quello splendido e orrendo saturnale di mascalzoni in guanti bianchi, in cui il meno turpe degli amori è l'amor d'un figliastro per la matrigna e la donna più onesta è una mezzana. Il romanzo, infatti, fece chiasso; si gridò allo scandalo, come si grida a Parigi, per educazione; ma si lesse il libro avidamente, e quel nome esotico di Zola suonò per qualche tempo da tutte le parti. Ma non fu nemmen quello un successo come egli aspettava o desiderava. E fu anche minore per i romanzi posteriori. Lo spaccio era scarso; la cerchia dei lettori, ristretta, e lo Zola, che sentiva in sè l'originalità e la forza d'un romanziere popolare, se ne rodeva. Ma non si perdeva d'animo.—Non sono abituato,—scriveva,—ad aspettare una ricompensa immediata dai miei lavori. Da dieci anni pubblico dei romanzi senza tender l'orecchio al rumore che fanno cadendo nella folla. Quando ce ne sarà un mucchio, la gente che passa sarà ben forzata a fermarsi.—La sua fama, non di meno, andava allargandosi, benchè lentamente, In Russia, dove si tien dietro con simpatia a tutte le novità più ardite della letteratura francese, era già notissimo, e tenuto in gran conto. Ma questo non gli bastava. Egli aveva bisogno d'un successo clamoroso e durevole, che lo sollevasse d'un balzo, e per sempre, dalla schiera degli «scrittori di talento» che si salutano confidenzialmente con un atto della mano. E ottenne finalmente il suo intento coll'*Assommoir* Cominciarono a pubblicarlo in appendice nel *Bien public*; ma dovettero lasciarlo a mezzo, tante furono lo proteste che lanciarono gli abbonati contro quell'«orrore.» Allora fu pubblicato tutto intero in un giornale letterario, e prima che fosse finito cominciarono quelle calde polemiche, che divennero ardenti dopo la pubblicazione del volume, e che saranno ricordate sempre come una delle più furiose battaglie letterarie dei tempi presenti. Queste polemiche diedero un impulso potente al successo del romanzo. Fu un successo strepitoso, enorme, incredibile. Erano anni che non s'era più sentito, a proposito d'un libro, un fracasso di quella fatta. Per lungo tempo tutta Parigi non parlò d'altro che dell'*Assommoir*; lo si sentiva discutere ad alta voce nei caffè, nei teatri, nei club, nei gabinetti di lettura, persino nelle botteghe; e c'erano gli ammiratori fanatici, ma erano assai di più gli avversati acerrimi. La brutalità inaudita di quel romanzo parve una provocazione, una ceffata a Parigi, una calunnia contro il popolo francese; e si chiamava il libro una «sudicieria da prendere colle molle», un «aborto mostruoso,» un'«azione da galera.» Si scagliarono contro l'autore tutte le litanie delle ingiurie, da quella di nemico della patria, a quella d'«*égoutier littéraire*» e di porco pretto sputato, senza giri di frase. Le riviste teatrali della fin dell'anno lo rappresentarono nei panni d'uno spazzaturaio che andava raccattando le immondizie colla fiocina per le vie di Parigi. *Ce n'était plus de la critique*, com'egli disse: *c'était, du massacre*. Gli negavano l'ingegno, l'originalità, lo stile, persino la grammatica; c'era chi non lo voleva nemmeno discutere; poco mancò che non gli si facessero delle provocazioni personali per la strada. E si spandevano intorno alla sua persona le più stravaganti e più odiose dicerie: che, era un sacco di vizi, un mezzo bruto, un uomo, senza cuore come Lantier, un beone come Coupeau, un sudicione come Bec-Salé, una brutta faccia come il suo père Bezougue, il becchino. Ma intanto le edizioni succedevano alle edizioni; i buongustai spassionati dicevano a bassa voce che il romanzo era un capolavoro; il popolo parigino lo leggeva con passione, perchè ci trovava il suo *boulevard*, la sua *buvette*, la sua bottega, la sua vita dipinta insuperabilmente, con colori nuovi e tocchi di pennello, in confronto ai quali tutti gli altri gli parevano sbiaditi; e i critici più arrabbiati erano costretti a riconoscere che in quelle pagine tanto bersagliate c'era qualche cosa contro cui si sarebbero rintuzzate eternamente le punte delle loro freccie. Il grande successo dell'*Assommoir* fece ricercare gli altri romanzi, e si può dire che lo Zola diventò celebre allora. La sua celebrità vera non data che da tre anni. Egli stesso scrisse poco tempo fa a un suo ammiratore d'Italia:— *On ne m'a pas gâté en France. Il n'y a pas longtemps qu'on m'y salue.* È però una celebrità singolare la sua. Un immenso «pubblico» lo ammira, ma d'un'ammirazione in cui c'è un po' di broncio e un po' di diffidenza, e lo guarda di lontano, come un orso male addomesticato. Ha un grande ingegno, non c'è che fare; bisogna pure rassegnarsi a dirlo e a lasciarlo dire. Egli è ancora a Parigi il *lion du jour*, e non ha che un rivale, il Daudet, che non è però della sua tarchiutura; ma si trattano coi guanti, reciprocamente, per non destare sospetti. Lo Zola però non si vale, e par che non si curi della sua celebrità. Non si fa innanzi; vive raccolto, nel suo cantuccio, con sua moglie, con sua madre e coi suoi bambini. Pochi lo conoscono di vista ed è raro il trovare un suo ritratto. Non frequenta la società, se non quando ci deve andare per studiarla, e quando non ci va con questo scopo si secca: non va che dall'editore Charpentier, che ha una splendida casa, e dà delle feste splendide a cui interviene anche il Gambetta. Non appartiene a nessuna consorteria. Non sta a Parigi che l'inverno; l'estate va in campagna per lavorare tranquillo. Una volta stava all'estremità dell'*Avenue Clichy*, luogo opportunissimo per studiare il popolo dell'*Assommoir*; ora sta in via di Boulogne, dove stava il Ruffini, poco lontano dalla casa del Sardou.

CAPITOLO III

Per mezzo del mio caro amico Parodi, ebbi l'onore di conoscere lo
Zola, e di passar con lui parecchie ore in casa sua.

È un giovane ben piantato; *solidement bâti;* un po' somigliante, nella travatura delle membra, a
Vittor Hugo; più grasso, non molto alto, ritto come una colonna, pallidissimo; e la sua pallidezza
apparisce anche maggiore per effetto della barba e dei cappelli neri, che gli stanno ritti sulla
fronte come peli di spazzola. È curioso che quasi tutti coloro che vedono il ritratto dello Zola
dicono:—Questo viso non mi riesce nuovo.—Ha il viso rotondo, un naso audace, gli occhi scuri
e vivi, che guardano con una espressione scrutatrice, fieramente—, la testa d'un pensatore e il
corpo d'un atleta,—e mani ben fatte e salde, di quelle che si stringono e si ritengono strette con
piacere. Mi rammentò a primo aspetto il suo Gueule-d'or, e mi parve che sarebbe stato in grado
di fare le stesse prodezze sopra l'incudine. La sua corporatura gagliarda era messa meglio in
evidenza dal suo vestimento. Era in babbuccie, senza colletto e senza cravatta, con una
giacchetta ampia e sbottonata, che lasciava vedere un largo torace sporgente, atto a rompere
l'onda degli odii e delle ire letterarie. In tutto il tempo che rimasi con lui non lo vidi mai ridere.

Mi ricevette cortesemente, con una certa franchezza soldatesca, senza le solite formule di
complimento. Appena fummo seduti, prese in mano un tagliacarte fatto a pugnale, colla guaina, e
lo ritenne finchè durò la conversazione, sguainandolo e ringuainandolo continuamente con un
gesto vivace.

Eravamo nel suo studio: una bella sala piena di luce, decorata di molti quadri a olio; da cui
s'indovinava l'uomo che ama molto la casa e che vive molto solo. Certe descrizioni, infatti, di
stanze calde e piene di comodi, che si trovano nei suoi romanzi, non possono essere fatte che da
un uomo che sta volentieri nel suo nido, in mezzo a tutte le raffinatezze della buona vita
casalinga. Aveva davanti un grande tavolino coperto di carte e di libri, disposti con ordine, e
sparso di molti piccoli oggetti luccicanti, di forma graziosa, come il tagliacarte; che rivelavano
un fino gusto artistico. Tutta la sala indicava l'agiatezza elegante dello scrittore parigino in voga.
In una parete c'era un suo grande ritratto a olio, di quando aveva ventisei anni.

Parlò per prima cosa della lingua italiana.—Mi rincresce,—disse,—di non poter leggere libri
italiani. Noi altri francesi, in questo, siamo proprio da compiangere. Non sappiamo nessuna
lingua. Ma io l'italiano lo dovrei sapere, essendo figliuolo d'un italiano.—E ci accennò lo studio
critico della nostra *Emma* sopra la *Page d'amour*, pubblicato dall'*Antologia*, dicendo che era
costretto a farselo tradurre perchè, essendosi provato a leggerlo, la metà del senso gli era
sfuggita.

Si rassegnino dunque i nostri coraggiosi traduttori dell'*Assommoir*; lo Zola non è in grado di
compensare i loro sudori con una lode sincera.

Poi diede al Parodi due risposte monosillabiche in cui si rivelò tutta la franchezza della sua natura.

Il Parodi aveva inteso dire d'una discussione sopra il Chateaubriand seguita a tavola fra il Turghenieff, lo Zola, il Flaubert e uno dei fratelli Goncourt; che questa discussione era durata sei ore, ardentissima, e che due dei commensali avevano difeso l'autore del *Genio del Cristianesimo* contro gli altri due, i quali negavano che fosse un grande scrittore. Gli pareva che lo Zola fosse stato uno dei difensori, e lo interrogò per accertarsene. E allora segui questo curioso dialogo:

—Vous aimez beaucoup Chateaubriand?

—Non

—Vous avez beaucoup lu Chateaubriand?

—Non.

—Allora non siete voi che l'avete difeso nella vostra discussione col signor Turghenieff?

—Jamais.

I difensori del Chateaubriand erano stati il Turghenieff e il Flaubert; lo Zola e il Goncourt l'avevano ostinatamente combattuto. Tutti e quattro sogliono fare colazione insieme una volta al mese, e ogni volta nasce fra loro una discussione di quel genere, che li tiene inchiodati a tavola per mezza giornata.

Questa fu l'introduzione; dopo la quale lo Zola fu costretto a parlare esclusivamente dello Zola. Il mio buon amico gli aveva detto il giorno avanti, annunziandogli la mia visita:—Preparatevi a subire un interrogatorio in tutto le regole,—ed egli aveva risposto gentilmente:—Son bell'e preparato.—Si cominciò dunque l'interrogatorio. Ma non lo feci io; non l'avrei mai osato: lo fece il mio amico con un garbo squisito, e lo Zola cominciò a parlare di sè, senza preamboli, naturalissimamente, come se parlasse d'un altro. Non c'è da dire se stavo inteso con tutta l'anima alle sue parole. Eppure, nel punto che cominciò a parlare, fui colto da una distrazione che mi fece patir la tortura, Non so come, mi balenò alla mente quella comicissima scena della *Faute de l'abbé Mouret*, quando il vecchio ateo Jeanbernat dà un carico di legnate al frataccio Archangias, al lume della luna, e mi prese tutt'a un tratto così terribile bisogno di ridere, che dovetti mordermi le labbra a sangue per non scoppiare.

Parlò prima della sua famiglia. La madre di suo padre era candiota, e suo padre Francesco Zola, di Treviso. Dopo la pubblicazione dell'*Assommoir* egli ricevette dal Veneto parecchie lettere di parenti lontani che non conosceva. Parlò con amore di suo padre. Era ingegnere militare nell'esercito austriaco; era assai colto; sapeva lo spagnuolo, l'inglese, il francese, il tedesco; pubblicò vari scritti scientifici, che lo Zola conserva, e ce ne mostrò uno con alterezza. Non ricordo in che anno, ma ancora assai giovane, lasciò il servizio militare e si mise a far l'ingegnere civile. Andò in Germania, dove lavorò alla costruzione d'una delle prime strade ferrate; poi in Inghilterra, poi a Marsiglia, donde fece varie escursioni in Algeria, sempre lavorando. Da

Marsiglia fu chiamato a Parigi per le fortificazioni. Qui si ammogliò e qui nacque Emilio Zola, che rimase a Parigi fino all'età di tre anni. Poi la famiglia andò a stabilirsi a Aix, dove Francesco Zola lavorò alla costruzione d'un gran canale, che fu battezzato col suo nome o lo serba ancora. Il padre Zola possedeva una gran parte delle «azioni» di questo canale; circa centocinquantamila lire. Morto lui, la società fallì, e alla stretta dei conti, pagati i creditori, non rimase alla vedova che un piccolissimo capitale. Il figliuolo Emilio provò perciò la strettezza fin da ragazzo, ed ebbe una giovinezza poco lieta. A diciott'anni venne a Parigi a cercar fortuna, e qui cominciò, per lui una serie di prove durissime. Fu per qualche tempo impiegato nella casa Hachette, prima a cento lire il mese, poi a cento cinquanta, poi a duecento. Poi fu collaboratore del *Figaro*. Dopo poco tempo, perdette quel posto, e rimase sul lastrico. Arrivato a questo punto lo Zola tagliò corto, ma capii da certi lampi de' suoi occhi e da certi suoi stringimenti di labbra, che quello dev'esser stato un periodo tremendo della sua vita. S'ingegnò di campare scribacchiando qua e là; ma ne cavava appena tanto da reggersi, e non tutti i giorni. Fu quello il tempo in cui fece quegli studi tristi e profondi sul popolo parigino, che appariscono particolarmente nell'*Assommoir* e nel *Ventre de Paris*. Visse in mezzo alla povera gente, abitò in parecchie di quelle case operaie che descrisse poi maestrevolmente nell'*Assommoir*;—in una, fra le altre, dove stavano trecento operai dei più miserabili;—studiò il vizio e la fame, conobbe delle *Nana*, faticò, digiunò, pianse, si perdette d'animo, lottò con coraggio; ma infine il suo carattere si fortificò in quella vita, e ne uscì armato e preparato alle battaglie che lo aspettavano nella grande arena dell'arte. All'età della leva,

però, non era ancora nè francese nè italiano, e poteva scegliere fra le due nazionalità.—Ma ero nato qui,—disse—avevo qui molti ricordi e molti legami; cominciavo ad aprirmi una strada; amavo il luogo dove avevo sofferto; scelsi per patria la Francia.

Questa è la sua prima vita d'uomo. La sua prima vita letteraria non è meno singolare, ed egli la espose colla medesima franchezza, continuando a giocare col pugnaletto.

Cominciò tardi le sue scuole perchè aveva poca salute.—Studiai poco,—disse;—prendevo dei premi; ma ero un cattivo scolaro.—Sentì il primo impulso a scrivere verso i quattordici anni. Era in Umanità. Scrisse fra le altre cose un romanzo sulle Crociate, che conserva ancora, e mise in versi dei lunghi squarci di prosa del Chateaubriand; cosa che deve sconcertare alquanto i critici che vogliono ad ogni costo veder gl'indizii dell'indole d'un grande scrittore anche nelle prime manifestazioni dell'ingegno adolescente. Le sue prime letture furono Walter Scott e Vittor Hugo.—Lessi i due autori insieme—disse—ma senza sentir gran fatto la differenza, perchè non capivo ancora nè lo stile nè la lingua di Vittor Hugo.—Poi cominciò a leggere il Balzac. E anche questa è strana. Il Balzac l'annoiò; gli pareva lungo, pesante, poco «interessante»; non lo capì e non lo fece suo che lungo tempo dopo. Fin qui nessuna lettura gli aveva lasciata una profonda impressione. Più tardi, quando cominciò a leggere pensando, i suoi tre scrittori prediletti furono il Musset, il Flaubert e il Taine. Nel Musset non si vede chiaramente che cosa abbia attinto, se non è il sentimento di certe finezze voluttuose della vita signorile, ch'egli esprime però senza compiacenza, da artista profondo, ma freddo. Del Flaubert non occorre dire: è l'arte medesima, spinta più in là, più minuziosa, più cruda, più vistosamente colorita, e anche più faticosa. Del Taine ritrae specialmente nell'analisi. Il suo metodo è quello seguito dal Taine nello studio sopra il Balzac; procede come lui ordinato, serrato, cadenzato, a passi eguali e pesanti; dal che deriva, a giudizio di alcuni, un certo difetto di sveltezza al suo stile, che è in ispecial modo apparente nei suoi ultimi libri. Egli ha un po', come si dice in Francia, *le pas de l'éléphant*. L'azione poi che esercitò su di lui il Balzac è immensa e visibilissima in tutte le sue opere. Egli l'adora, è suo figlio, e se ne gloria. All'apparire dei suoi primi romanzi, tutti pronunziarono il nome del Balzac. Il Charpentier lo presentava agli amici dicendo:—Ecco un nuovo Balzac.—Perciò toccò appena di volo di questo suo padre letterario, come se la cosa dovesse essere sottintesa. Dei suoi studii non disse altro. Non deve avere coltura classica, poichè confessò egli stesso d'essersi trovato imbarazzato a leggere certi libri in latino volgare; e in questo è alla pari con molti dei più illustri scrittori francesi di questi tempi. Ma fece la sua educazione da sè stesso; studiò combattendo, come i generali della rivoluzione; studia man mano che ha da scrivere un romanzo, per quel romanzo, tutte le quistioni che v'hanno attinenza, come faceva George Sand; legge continuamente, forzato dalle esigenze imperiose della polemica; ha sulla punta delle dita tutto il romanzo di questo secolo, conosce profondamente Parigi, padroneggia insuperabilmente la lingua—e pensa.

Si venne poi al più importante degli argomenti. Il Parodi gli domandò ex-abrupto come faceva a fare il romanzo. Era proprio un toccarlo sul vivo. Sguainò quasi tutto il suo pugnaletto, lo ricacciò con forza nel fodero, e cominciò a parlare speditamente, animandosi a grado a grado.

Ecco,—disse,—come faccio il romanzo, Non lo faccio affatto. Lascio che si faccia da sè. Io non so inventare dei fatti; mi manca assolutamente questo genere di immaginazione. Se mi metto a tavolino per cercare un intreccio, una tela qualsiasi di romanzo, sto anche lì tre giorni a stillarmi il cervello, colla testa fra le mani, ci perdo la bussola e non riesco a nulla. Perciò ho preso la risoluzione di non occuparmi mai del soggetto. Comincio a lavorare al mio romanzo, senza sapere nè che avvenimenti vi si svolgeranno, nè che personaggi vi avranno parte, nè quale sarà il principio e la fine. Conosco soltanto il mio protagonista, il mio Rougon o Macquart, uomo o donna; che è una conoscenza antica. Mi occupo anzi tutto di lui, medito sul suo temperamento, sulla famiglia da cui è nato, sulle prime impressioni che può aver ricevute, e sulla classe sociale in cui ho stabilito che debba vivere. Questa è la mia occupazione più importante: studiare la gente con cui questo personaggio avrà che fare, i luoghi in cui dovrà trovarsi, l'aria che dovrà respirare, la sua professione, le sue abitudini, fin le più insignificanti occupazioni a cui dedicherà i ritagli della sua giornata. Mettendomi a studiare queste cose, mi balena subito alla mente una serie di descrizioni che possono trovar luogo nel romanzo, e che saranno come lo pietre miliari della strada che debbo percorrere. Ora, per esempio, sto scrivendo *Nana*: una *cocotte*. Non so ancora affatto che cosa seguirà di lei. Ma so già tutte le descrizioni che ci saranno nel mio romanzo. Mi son domandato prima di ogni cosa:—Dove va una *cocotte*?—Va ai teatri, alle prime rappresentazioni. Sta bene. Ecco cominciato il romanzo. Il primo capitolo sarà la descrizione d'una prima rappresentazione in uno dei nostri teatri eleganti. Per far questo bisogna che studi. Vado a parecchie prime rappresentazioni. Domani sera vado alla *Gaité*. Studio la platea, i palchi, il palcoscenico; osservo tutti i più minuti particolari della vita delle scene; assisto alla toeletta d'un'attrice, e tornato a casa, abbozzo la mia descrizione. Una *cocotte* va alle corse, a un *grand prix*. Ecco un'altra descrizione che metterò nel romanzo, a una conveniente distanza dalla prima. Vado a studiare un *grand prix*. Una *cocotte* frequenta i gran *restaurants*. Mi metto a studiare i gran *restaurants*. Frequento quei luoghi per qualche tempo. Osservo, interrogo, noto, indovino. E così avanti fin che non abbia studiato tutti gli aspetti di quella parte di mondo in cui suole agitarsi la vita d'una donna di quella fatta. Dopo due o tre mesi di questo studio, mi sono impadronito di quella maniera di vita: la vedo, la sento, la vivo nella mia testa, per modo che son sicuro di dare il mio romanzo il colore e il profumo proprio di quel mondo. Oltrecchè, vivendo per qualche tempo, come ho fatto, in quella cerchia sociale, ho conosciute delle persone che vi appartengono, ho inteso raccontare dei fatti veri, so quello che vi suole accadere, ho imparato il linguaggio che vi si parla, ho in capo una quantità di tipi, di scene, di frammenti di dialogo, di episodi d'avvenimenti, che formano come un romanzo confuso di mille pezzi staccati ed informi. Allora mi riman da fare quello che per me è più difficile: legare con un solo filo, alla meglio, tutte quelle reminiscenze e tutte quelle impressioni sparse. È un lavoro quasi sempre lungo. Ma io mi ci metto flemmaticamente, e invece d'adoperarci l'immaginazione, ci adopero la logica. Ragiono tra me, e scrivo i miei soliloqui, parola per parola, tali e quali mi vengono, in modo che, letti da un altro, parrebbero una stranissima cosa. Il tale fa questo. Che cosa nasce solitamente da un fatto di questa natura? Quest'altro fatto, Quest'altro fatto è tale che possa interessare quell'altra persona? Certamente. È dunque logico che quest'altra persona reagisca in quest'altra maniera, E allora può intervenire un nuovo personaggio; quel tale, per esempio, che ho conosciuto in quel tal luogo, quella tal sera. Cerco di ogni più piccolo avvenimento le conseguenze immediate; quello che deriva logicamente, naturalmente, inevitabilmente dal carattere e dalla situazione dei miei personaggi. Faccio il lavoro d'un commissario di polizia che da qualche indizio voglia riuscire a scoprire gli autori d'un delitto misterioso. Incontro nondimeno, assai sovente, molte difficoltà. Alle volte non ci sono più che due sottilissimi fili da annodare, una conseguenza semplicissima da dedurre, e non ci riesco, e mi affatico e m'inquieto inutilmente. Allora smetto di pensarci, perchè so che è tempo perduto. Passano due, tre, quattro giorni. Una bella mattina, finalmente, mentre fo colazione e penso ad altro, tutto a un tratto i due fili si riannodano, la conseguenza è trovata, tutte le difficoltà sono sciolte. Allora un torrente di luce scorre su tutto il romanzo. *Un flot de lumière coule sur tout le roman.* Vedo tutto e tutto è fatto. Riacquisto la mia serenità, son sicuro del fatto mio, non mi resta più a fare che la parte tutta piacevole del mio lavoro. E mi ci metto tranquillamente, metodicamente, coll'orario alla mano, come un muratore. Scrivo ogni giorno quel tanto; tre pagine di stampa; non una riga di più, e la mattina solamente. Scrivo quasi senza correggere perchè son mesi che rumino tutto, e appena scritto, metto le pagine da parte, e non le rivedo più che stampate. E posso calcolare infallibilmente il giorno che finirò. Ho impiegato sei mesi a scrivere *Une page d'Amour*; un anno a scriver l'*Assommoir*.

—L'*Assommoir*,—soggiunse poi, dando un colpo della mano aperta sul manico del pugnale,—è stato la mia tortura. È quello che m'ha fatto penare di più per mettere insieme i pochissimi fatti su cui si regge. Avevo in mente di fare un romanzo sull'alcoolismo. Non sapevo altro. Avevo preso un monte di note sugli effetti dell'abuso dei liquori. Avevo fissato di far morire un beone della morte di cui muore Coupeau. Non sapevo però chi sarebbe stato la vittima, e anche prima di cercarla, andai all'ospedale di Sant'Anna a studiare la malattia e la morte, come un medico. Poi assegnai a Gervaise il mestiere di lavandaia, e pensai subito a quella descrizione del lavatoio che misi nel romanzo; che è la descrizione d'un lavatoio vero, in cui passai molte ore. Poi, senza saper nulla del Goujet, che immaginai in seguito, pensai di valermi dei ricordi d'un'officina di fabbro ferraio, dove avevo passato delle mezze giornate da ragazzo, e che è accennata nei *Contes à Ninon*. Così, prima d'aver fatto la tela del romanzo, avevo già concepita la descrizione di un pranzo nella bottega di Gervaise, e quella della visita al museo del Louvre. Avevo già studiate le mie bettole, l'*Assommoir* di *père Colombe*, le botteghe, l'*Hôtel Boncoeur*, ogni cosa. Quando tutto il rimanente fu predisposto, cominciai a occuparmi di quello che doveva accadere; e feci questo ragionamento, scrivendolo. Gervaise viene a Parigi con Lantier, suo amante. Che cosa seguirà? Lantier è un pessimo soggetto: la pianta. E poi? Lo credereste che mi sono intoppato qui, e che non andai più avanti per vari giorni? Dopo vari giorni feci un altro passo. Gervaise è giovane; è naturale che si rimariti; si rimarita, sposa un operaio, Coupeau. Ecco quello che morirà a Sant'Anna. Ma qui rimasi in asso da capo. Per mettere a posto i personaggi e le scene che avevo in mente, per dare un'ossatura qualunque al romanzo, mi occorreva ancora un fatto, uno solo, che facesse nodo coi due precedenti. Questi tre soli fatti mi bastavano; il rimanente era tutto trovato, preparato, e come già scritto per disteso nella mia mente. Ma questo terzo fatto non riuscivo a raccappezzarlo. Passai varii giorni agitato e scontento. Una mattina, improvvisamene, mi balena un'idea. Lantier ritrova Gervaise,—fa amicizia con Coupeau,—s'installa in casa sua…. *et alors il s'établit un ménage a trois, comme j'en ai vu plusieurs*; e ne segue la rovina. Respirai. Il romanzo era fatto.

Detto questo, aperse un cassetto, prese un fascio di manoscritti e me li mise sotto gli occhi. Erano i primi studi dell'*Assommoir*, in tanti foglietti volanti.

Sui primi fogli c'era uno schizzo dei personaggi: appunti sulla persona, sul temperamento, sull'indole. Ci trovai lo «specchio caratteristico» di Gervaise, di Coupeau, di maman Coupeau, dei Lorilleux, dei Boche, di Goujet, di madame Lérat: c'eran tutti. Parevano note d'un registro di questura, scritte in linguaggio laconico, e liberissimo, come quello del romanzo, e interpolate di brevi ragionamenti, come:—Nato così, educato così; si porterà in questo modo.—In un luogo c'era scritto:—E che può far altro una canaglia di questa specie?—M'è rimasto impresso, fra gli altri, lo schizzo di Lantier, che era un filza d'aggettivi, che formavano una gradazione crescente d'ingiurie:—*grossier, sensuel, brutal, egoiste, polisson.*—In alcuni punti c'era detto:—servirsi del tale—una persona conosciuta dall'autore. Tutto scritto in caratteri grossi e chiari, e con ordine.

Poi mi caddero sotto gli occhi gli schizzi dei luoghi, fatti a penna, accuratamente, come un disegno d'ingegnere. Ce n'era un mucchio: tutto l'*Assommoir* disegnato: le strade del quartiere in cui si svolge il romanzo, colle cantonate, e coll'indicazione delle botteghe; i zig-zag che faceva Gervaise per scansare i creditori; le scappate domenicali di *Nana*; le pellegrinazioni della comitiva dei briaconi di *bastringue* in *bastringue* e di *bousingot* in *bousingot*; l'ospedale e il macello, fra cui andava e veniva, in quella terribile sera, la povera stiratrice straziata dalla fame. La gran casa del Marescot era tracciata minutissimamente; tutto l'ultimo piano; i pianerottoli, le finestre, lo stambugio del becchino, la buca di *père Bru*, tutti quei corridori lugubri, in cui si sentiva *un souffle de crevaison*, quei muri che risonavano come pancie vuote, quelle porte da cui usciva una perpetua musica di legnate e di strilli di *mioches* morti di fame. C'era pure la pianta della bottega di Gervaise, stanza per stanza, coll'indicazione dei letti e delle tavole, in alcuni punti cancellata e corretta. Si vedeva che lo Zola ci s'era divertito per ore e per ore, dimenticando forse anche il romanzo, tutto immerso nella sua finzione, come in un proprio ricordo.

Su altri fogli c'erano appunti di vario genere. Ne notai due principalmente:—venti pagine di descrizione della tal cosa,—dodici pagine di descrizione della tal scena, da dividersi in tre parti.—Si capisce che aveva la descrizione in capo, formulata prima d'essere fatta, e che se la sentiva sonar dentro cadenzata e misurata, come un'arietta a cui dovesse ancora trovare le parole. Son meno rare di quello che si pensi, queste maniere di lavorare, anche in cose d'immaginazione, col compasso. Lo Zola è un grande meccanico. Si vede come le sue descrizioni procedono simmetricamente, a riprese, separate qualche volta da una specie d'intercalare, messo là perchè il lettore ripigli rifiato, e divise in parti quasi uguali; come quella dei fiori del parco nella *Faute de l'abbé Mouret*, quella del temporale nella *Page d'amour*, quella della morte del Coupeau nell'*Assommoir*. Si direbbe che la sua mente, per lavorar poi tranquilla e libera intorno alle minuzie, ha bisogno di tracciarsi prima i confini netti del suo lavoro, di sapere esattamente in quali punti potrà riposare, e quasi che estensione e che forma presenterà nella stampa il lavoro proprio. Quando la materia gli cresce, la recide per farla rientrare in quella forma, o quando gli manca, fa un sforzo per tirarla a quel segno. È un invincibile amore delle proporzioni armoniche, che qualche volta può generare prolissità; ma che spesso, costringendo il pensiero ad insistere sul suo soggetto, renda l'opera più profonda e più completa.

C'erano, oltre a queste, delle note estratte dalla *Réforme sociale en France* del Le Play, dall'*Hérédité naturelle* del dottor Lucas, e da altre opere di cui si valse per scrivere il suo romanzo; *Le sublime*, fra le altre, che dopo la pubblicazione dell'*Assommoir* fu ristampato e riletto; poichè è un privilegio dei capolavori quello di mettere in onore anche le opere mediocri di cui si sono giovati.

Lo interrogammo intorno ai suoi studi di lingua.

Ne parlò con molta compiacenza. Si crede generalmente che abbia studiato l'*argot* nel popolo; sì, in parte; ma più nei dizionarii speciali, che son parecchi, e buonissimi; come imparò in special modo dai dizionari d'arti e mestieri quella ricchissima terminologia d'officina e di bottega, che è nei suoi romanzi popolari. Ma per scrivere l'*argot* non bastava consultare il dizionario; bisognava saperlo, ossia rifarselo. Si fece perciò un dizionario diviso a soggetti, e vi andò man mano registrando le parole e le frasi che trovava nei libri e che raccattava per la strada. Scrivendo *Assommoir*, prima di trattare un soggetto, scorreva la parte corrispondente del dizionario; poi scriveva tenendolo sotto gli occhi, e cancellava con un lapis rosso ogni frase, via via che la metteva nel libro, per evitar di ripeterla.—Io son un uomo paziente, vedete,—disse poi;—lavoro colla placidità d'un vecchio compilatore; provo piacere anche nelle occupazioni più materiali; prendo amore alle mie note e ai miei scartafacci; mi cullo nel mio lavoro, e mi ci trovo bene, come un pigro nella sua poltrona.

Lo strano è che diceva tutte queste cose senza sorridere; ma nemmeno con un barlume di sorriso. Il suo viso pallidissimo non ebbe mai una di quelle mille espressioni convenzionali di amabilità o di gaiezza, che si usano dalle persone più fredde per dar colore alla conversazione. In verità non ricordo d'aver mai visto al mondo un viso più «indipendente.» Faceva un solo movimento di tratto in tratto: dilatava le narici e stringeva i denti, facendo risaltar le mascelle; il che gli dava un'espressione più vigorosa di risoluzione e di fierezza.

Parlò del successo dell'*Assommoir*. Disse che, mentre scriveva quel romanzo, era le mille miglia lontano dal prevedere il chiasso che fece. Era stato costretto a interromperlo per una malattia della sua signora; ci s'era poi rimesso di mala voglia; il cuore non gliene diceva bene. Di più, un amico di cui egli faceva gran conto, letto il manoscritto, gli aveva presagito un mezzo fiasco. A lui stesso pareva che il soggetto non fosse «interessante.» Lasciò indovinare, insomma, che nemmeno dopo il suo grande successo, non era quello il romanzo a cui teneva di più.

—Qual è dunque?—gli domandai.

La sua risposta mi diede una grande soddisfazione.

—*Le ventre de Paris,*—rispose.

E infatti la storia di quel grasso e iniquo pettegolezzo plebeo, che finisce per perdere un povero galantuomo, e che si svolge dalla prima all'ultima pagina in quel singolarissimo teatro delle Halles, pieno di colori, di sapori e d'odori, fra quelle pescivendole dalle rotondità enormi e impudenti, fra quegli amori annidati nei legumi e nelle penne di pollo, in mezzo a quello strano intreccio di rivalità bottegaie e di congiure repubblicane, m'è sempre parsa una delle più originali e delle più felici invenzioni dell'ingegno francese.

Venne a parlare delle critiche che si fecero all'*Assommoir*. Anche parlando, egli sceglie sempre la frase più dura e più recisa per esprimere il proprio pensiero. Accennando a una *scuola* che non gli va a genio, disse:—Vedrete che famoso colpo di scopa ci daremo dentro!—In ogni sua parola si sente il suo carattere fortemente temprato, non solo alle resistenze ostinate, ma agli assalti temerarii. Nelle sue critiche, infatti, dà addosso a tutti. Ne raccolse parecchie in un volume e le intitolò:—I miei odii.—Si capisce. Deve tutto a sè stesso, è passato per tutte le prove, è coperto di cicatrici: la battaglia è la sua vita; vuole la gloria, ma strappata a forza; e accompagnata dal fragore della tempesta. Le critiche più spietate non fanno che irritare il suo coraggio. Gli gridarono la croce per le crudità della *Curée*; egli andò del doppio più in là nell'*Assommoir*. Prova una feroce voluttà nel provocare il pubblico. «Gli insuccessi» non gli passano nemmeno la prima pelle. Avanti!—disse dopo una delle sue più grandi cadute—; io sono a terra; ma l'arte è in piedi. Forse che la battaglia è perduta perchè il soldato è ferito? Al lavoro, e ricominciamo!—E dice il fatto suo alla critica, alla sua maniera.—La critica francese manca d'intelligenza—; nientemeno.—Non ci sono in tutta la Francia che tre o quattro uomini capaci di giudicare un libro.—Gli altri o giudicano con tutti i pregiudizii letterarii degli sciocchi, o sono pretti impostori.—Ha questo gran difetto,—come gli diceva un amico:—che quando parla con un imbecille, gli fa capire immediatamente che è un imbecille;—difetto,—dice,—che gli chiuderà sempre tutte le porte. Ma a lui non importa d'essere, amato. Egli considera il pubblico come il suo nemico naturale. Che serve accarezzarlo? È una mala bestia che risponde alle carezze coi morsi. Tanto vale mostrargli i denti e fargli vedere che non sono meno forti dei suoi. Latri a sua posta, purchè ci segua. Eppure s'ingannano quelli che argomentano da questa sua asprezza di carattere ch'egli non abbia cuore. Tutti i suoi amici intimi lo affermano. In casa, colla sua famiglia, è un altro Zola; ha pochi amici, ma li ama fortemente; non è espansivo, ma servizievole. E scrive delle lettere piene di sentimento. Ha un cuore affettuoso, sotto una corazza d'acciaio.

Spiegò poi meglio il concetto che ha del pubblico, parlando della vendita dei libri a Parigi.

—Qui non si fa nulla,—disse, smettendo per la prima volta il pugnale, ma riafferrandolo subito,—nulla, se non si fa chiasso. Bisogna essere discussi, maltrattati, levati in alto dal bollore delle ire nemiche. Il parigino non compra quasi mai il libro spontaneamente, per un sentimento proprio di curiosità; non lo compra che quando glie ne hanno intronate le orecchie, quando è diventato come un avvenimento da cronaca, del quale bisogna saper dir qualche cosa in conversazione. Pur che se ne parli, comunque se ne parli, è una fortuna. La critica vivifica tutto; non c'è che il silenzio che uccida. Parigi è un oceano; ma un oceano in cui la calma perde, e la burrasca salva. Come si può scuotere altrimenti l'indifferenza di questa enorme città tutta intenta ai suoi affari e ai suoi piaceri, ad ammassar quattrini e a profonderli? Essa non sente che i ruggiti e le cannonate. E guai a chi non ha coraggio!

È quello che mi diceva il Parodi:—Qui non si stima chi mostra di non stimare sè stesso. Per prima cosa bisogna affermare risolutamente il proprio diritto alla gloria. Chi si fa piccino, è perduto. Guai al modesto!

E lo Zola non è nè modesto, nè orgoglioso; è schietto. Colla stessa schiettezza con cui riconosce i lati deboli del suo ingegno, come si è visto, ne dice i lati forti. Parlando dei suoi studi dal vero dice:—Non ho però bisogno di veder tutto; un aspetto mi basta, gli altri li indovino; qui sta l'ingegno.—Quando scriveva la *Page d'amour*, diceva:—Farò piangere tutta Parigi.— Difendendo una sua commedia caduta dice:—Perchè è caduta? Perchè il pubblico s'aspettava dall'autore dei Rougon-Macquart una commedia straordinaria, di primissimo ordine; qualcosa di miracoloso.—Ma dice questo con una sicurezza e con una semplicità, che non vien nemmeno in capo di accusarlo di presunzione. E in ciò si rivela appunto la sua natura italiana, meno inverniciata della francese, come si rivela nelle sue critiche, in cui dice le più dure cose senza giri di frase e senza epiteti lenitivi, e paccia le pillole amare senza dorarle; cosa che ripugna all'indole della critica parigina. Ed è italiano anche in questo, che ha la nostra causticità genuina, consistente più nella cosa che nella parola, e non il vero spirito francese. E lo riconosce e se ne vanta.—*Je n'ai pas cet entortillement d'esprit.—Je ne sais parler le papotage à la mode.*—Io detesto i *bons mots* e il pubblico li adora. Questa è la grande ragione per cui non ci possiamo intendere.

Accennò pure, di volo, alla gran quistione del realismo e dell'idealismo. Su questo argomento rispetto profondamente le opinioni di uno scrittore come lo Zola. Ma a queste professioni di fede irremovibile e a queste bandiere sventolate con tanto furore, ci credo poco. Uno scrittore si trova a scrivere in una data maniera perchè la sua indole, la sua educazione, le condizioni della sua vita lo spinsero da quella parte. Quando ha fatto per quella via un lungo cammino, quando ha speso in quella forma d'arte un gran tesoro di forze, e v'ha riportato dei trionfi, e s'è persuaso che non andrà mai innanzi altrettanto in una direzione diversa, allora alza la sua insegna e dice:—*In hoc signo vinces.*—Ma che diverrebbe l'arte se tutti lo seguissero? Mi vien sempre in mente quella sentenza del Rénan:—Il mondo è uno spettacolo che Dio dà a sè stesso. Per carità, non facciamolo tutto d'un colore, se non vogliamo annoiarci anche noi.—C'è posto per tutti—come diceva Silvio Pellico—e nessuno se ne vuol persuadere.—Non capisco come ci sia della gente d'ingegno che picchia sulla testa a una parte dell'umanità unicamente perchè non sente e non esprime la vita come essi la sentono e la esprimono. È come se i magri volessero mettere al bando dell'umanità i grassi; e i linfatici, i nervosi. In fondo, chi non vede chiaramente che è una guerra che certe facoltà dello spirito fanno ad altre facoltà? Emilio Zola, non men degli altri, non fa che tirar l'acqua al suo mulino. Egli dirà, per esempio, che la tragedia greca è realistica, e che non si deve descrivere che quello che si vede o che s'è visto, e che quando si mette un albero sulla scena, dev'essere un albero vero; e forse, in cuor suo, sorriderà di queste affermazioni. E quando qualcuno lo coglierà in contraddizione, risponderà ingenuamente:—*Que voulez vous? Il faut bien avoir un drapeau.*—Siamo d'accordo; ma è quasi sempre la bandiera, non della propria fede, ma del proprio ingegno. E lo stesso Zola è sempre realista, anche quando dà cuore e mente agli alberi e ai fiori? A un uomo come lui si può ben dire quello che si pensa.

Parlò pure del teatro. Disse che era falsa la notizia data dai giornali, che egli avesse incaricato due commediografi, di cui non ricordo il nome, di fare un dramma dell'*Assommoir*. S'era parlato pure, a questo proposito, della *Curée*, per la cui protagonista, *Renée*, la celebre attrice Sarah Bernard aveva manifestato una gran simpatia. Ma dei suoi romanzi, uno solo, finora, *Thérèse Raquin*, fu convertito da lui stesso in un dramma, nel quale è riuscita una fortissima scena la descrizione di quella tremenda notte nuziale di Teresa e di Laurent, fra cui s'interpone il fantasma schifoso del marito annegato. Il Teatro però esercita anche sullo Zola un'attrazione irresistibile e inebriante, come su tutti gli scrittori moderni, ai quali nessuna gloria letteraria pare bastevole, se non è coronata da un trionfo sulle scene. Poichè a Parigi, la città più teatrale del mondo, una vittoria drammatica dà d'un solo tratto la fama e la fortuna che non dà il buon successo di dieci libri. A questo scopo egli converge perciò tutti i suoi sforzi. La sua grande ambizione è di fare un *Assommoir* teatrale. Finora non lavorò, si può dire, che per prepararsi a questa gran prova. Non ebbe successi notevoli; cadde più d'una volta; ma persiste tenacemente. E s'affatica a sgombrarsi il passo colla critica, battendo in breccia la commedia alla moda, _la comédie d'intrigue, ce joujou donné au public, ce jeu de patience, che egli vorrebbe ricondurre alla forma antica, alla comicità di buona lega, la quale consiste tutta nei tipi e nelle situazioni, e non in quello spirito *fouetté en neige, rélevé d'une pointe de musc*, che piace per la novità, e che non saprà più di nulla fra cinque anni; ai caratteri largamente sviluppati in un'azione semplice e logica, alle analisi libere e profonde, e ai dialoghi sciolti da ogni convenzione; a una forma insomma, in cui possano spiegarsi e prevalere le sue forti facoltà di romanziere. E propugnando queste teorie, difende ostinatamente i suoi lavori drammatici. Un amico andò a visitarlo dopo la caduta del suo *Bouton de rose* al *Palais Royal*, e lo trovò a tavolino con davanti un mucchio di fogli scritti.—Che cosa fate?—gli domandò,—*Vous comprenez*—rispose—*je ne veux pus lâcher ma pièce.*—» Stava facendo una difesa del *Bouton de Rose*, curiosissima, nella quale si rivela il suo carattere meglio che in un epistolario di cinque volumi. Cominciò coll'esporre il soggetto della commedia, ricavata in parte dai *Contes drólatiques* del Balzac, e come si svolse nella sua mente, e le ragioni d'ogni personaggio e d'ogni scena. E poi:—Sta bene—disse—il dramma è caduto.—Riferisco presso a poco le sue parole.—Io accetto altamente tutte le responsabilità. Questo dramma m'è diventato caro per la brutalità odiosa con cui fu trattato. Lo scatenamento feroce della folla l'ha rialzato e ingrandito ai miei occhi. Più tardi ci sarà appello: i processi letterari sono suscettibili di cassazione. Il pubblico non ha voluto capire il mio lavoro, perchè non vi ha trovato quella specie di *vis comica* che vi cercava, che è un fiore tutto parigino, sbocciato sui marciapiedi dei *boulevards*. Ha trovato il mio spirito grossolano! Diavolo! Come si fa a sopportare la franchezza d'un uomo che viene avanti con uno stile diretto e che chiama le cose col loro nome? Già, il sapore dell'antico racconto francese non si sente più; non si capiscono più quei tipi: io avrei dovuto mettere un avviso a stampa sulla schiena dei miei personaggi. E poi una buona metà del teatro faceva voti ardenti perchè il mio *Bouton de rose* capitombolasse. Erano andati là come si va nella baracca d'un domatore di fiere, col segreto desiderio di vedermi divorare. Io mi son fatti molti nemici colle mie critiche teatrali, in cui la sincerità è la mia sola forza. Chi giudica i lavori degli altri, s'espone alle rappresaglie. I *vaudevillisti* vessati e i drammaturghi esasperati si son detti:— Finalmente! Lo andremo a giudicare una volta, questo terribile uomo! Nell'orchestra c'erano dei signori che si mostravano reciprocamente le chiavi. C'era poi un'altra ragione. Io sono romanziere. Questo basta. Riuscendo nel teatro, avrei occupato troppo posto. Bisognava impedire. E d'altra parte era giusto che io espiassi le quarantadue edizioni dell'*Assommoir* e le diciasette edizioni della *Page d'amour*.—Schiacciamolo,—si son detti. E l'han fatto. Si ascoltò il primo atto, si fischiò: il secondo e non si volle sentire il terzo. Il fracasso era tale che i critici non potevano neppur sentire il nome dei personaggi; alcune innocentissime parole di *argot* scoppiarono nel teatro come bombe; i muri minacciavano di crollare; non si capiva più nulla. E così sono stato ammazzato. Ora non ho più nè rancore nè tristezza. Ma il giorno dopo non riuscii a soffocare un sentimento di giusta indignazione. Credevo che la seconda sera la commedia non sarebbe arrivata di là dal secondo atto. Mi pareva che il pubblico pagante dovesse completare il disastro. Andai al teatro, a ora tarda, e salendo le scale, interrogai un artista:—Ebbene, vanno in collera, di sopra?—L'artista mi rispose sorridendo:—Ma no, signore! Tutti i frizzi sono gustati. *La salle est superbe*, e si smascella dalle risa.—Ed era vero; non si sentiva una disapprovazione; il successo era enorme. Io rimasi là per tutto un atto, ad ascoltare quelle risa, e soffocavo, mi sentivo venir le lagrime agli occhi. Pensavo al teatro della sera prima, e mi domandavo il perchè di quella inesplicabile brutalità, dal momento che il vero pubblico faceva al mio lavoro una accoglienza tanto diversa. Questi sono i fatti. Mi diano una spiegazione i critici sinceri. Il *Bouton de rose* ebbe quattro rappresentazioni; l'incasso maggiore fu quello della seconda. Per che ragione, se è lecito? Perchè la stampa non aveva ancora parlato e il pubblico veniva e rideva con confidenza. Il terzo giorno la critica comincia il suo lavoro di strangolamento; una prima scarica di articoli furibondi ferisce la commedia al cuore; e allora la gente esita e s'allontana da un'opera che non una voce difende e che i più tolleranti gettano nel fango. I pochi curiosi che si arrischiano, si divertono sinceramente; l'effetto cresce ad ogni rappresentazione; gli artisti, rinfrancati, recitano con un accordo maraviglioso. Che importa? Lo strangolamento è riuscito; il pubblico della prima sera ha stretto la corda e la critica ha dato l'ultimo strappo. Eppure! Eppure il *Bouton de rose* resiste solidamente sulle scene pur che ci sia chi si degni di sentirlo. Io credo che sia ben fatto, che certe situazioni siano comiche e originali, e che il tempo gli darà ragione. Un tale, la prima sera, nei corridoi del teatro diceva ad alta voce:—Ebbene, farà ancora il critico teatrale Emilio Zola?—Perdio se lo farò ancora! E più ardentemente di prima, potete andarne sicuri.

La conversazione cadde ancora una volta sui romanzi, e lo Zola soddisfece parecchie mie vivissime curiosità. I suoi personaggi son quasi tutti ricordi, conoscenze sue d'altri tempi; alcuni già abbozzati nei *Contes à Ninon*. Il Lantier, per esempio, lo conobbe in carne ed ossa, ed è infatti uno dei caratteri più stupendamente veri dell'*Assommoir*. L'idea del frate *Archangias* della *Faute de l'abbé Mouret*, di quel comicissimo villanaccio incappucciato, che predica la religione con un linguaggio da facchino ubbriaco, gli venne dall'aver letto in un giornale di provincia, d'un certo frate, maestro di scuola, stato condannato dai tribunali per abuso.... di forza. Certe rispostaccie date dall'accusato ai giudici gli avevano presentato il carattere bell'e fatto. Poichè si parlava di quel romanzo, non potei trattenermi dall'esprimergli la mia viva ammirazione per quelle splendide pagine, in cui descrisse i rapimenti religiosi del giovane prete dinanzi all'immagine della Vergine; pagine degne davvero d'un grande poeta.

—Voi non potete immaginare,—mi rispose, la fatica che mi costò quel benedetto abate Mouret. Per poterlo descrivere all'altare, andai parecchie volte a sentire tre o quattro messe di seguito a Nôtre Dame. Per la sua educazione religiosa consultai molti preti. Nessuno però mi volle o mi seppe dare tutte le spiegazioni di cui avevo bisogno. Misi sottosopra delle botteghe di librai cattolici; mi digerii dei grossi volumi di Cerimoniali religiosi e di Manuali da curati di campagna. Ma non mi pareva ancora di possedere abbastanza la materia. Un prete spretato, finalmente, completò le mie cognizioni.

Gli domandai se aveva fatto pure degli studi così accurati e così pratici per descrivere la vita delle *halles*, le botteghe di formaggi, il lavoro delle stiratrici, le discussioni del Parlamento, le ribotte degli operai.

—Necessariamente,—rispose.

—E per descrivere il temporale della *Page d'amour*?

—Per descrivere il temporale, mi asciugai parecchie volte tutta l'acqua che Dio ha mandata, osservando Parigi dalle torri di Nôtre Dame.

Gli domandai se era mai stato presente a una battaglia. Disse di no, e questo mi fece gran meraviglia, perchè nella descrizione del combattimento fra gl'insorti e le truppe imperiali, nella *Fortune des Rougons*, si sente il fischio delle palle e si vede il disordine e la morte, come nessun scrittore li ha mai resi.

Da ultimo venne a parlare dei suoi romanzi futuri, e in questo discorso si animò più che non avesse fatto fino allora; il suo viso si colorò d'un leggero rossore, la sua voce si rinvigorì, e non dico come lavorasse il pugnaletto.

Egli farà un romanzo in cui descriverà la vita militare francese, com'è. Questo solleverà una tempesta; gli daranno del nemico della Francia; sta bene. Il suo romanzo sarà intitolato *Le soldat*, e conterrà una grande descrizione della battaglia di Sédan. Egli andrà apposta a Sédan, ci starà quindici giorni, studierà il terreno con una guida palmo per palmo, e forse…. ne uscirà qualche cosa. In un altro romanzo metterà la descrizione d'una morte per combustione spontanea, d'un bevitore. Altri l'han fatta; egli la farà a modo suo. L'uomo avrà l'abitudine di passare la sera accanto al camino, colla pipa in bocca, e piglierà fuoco accendendo la pipa. Egli descriverà tutto—e dicendo questo corrugò le sopracciglia e gli lampeggiarono gli occhi, come se vedesse in quel punto lo spettacolo orrendo.—La gente di casa entrerà la mattina nella stanza e non troverà più che la pipa e *une poignée de quelque chose*. Poi scriverà un romanzo che avrà per soggetto il commercio, i «grandi magazzini» come il *Louvre* e il *Bon Marché*, la lotta del grande commercio col piccolo, dei milioni coi cento mila franchi: un soggetto vasto e originale, pieno di nuovi colori, di nuovi tipi e di nuove scene, col quale tratterà a ferro rovente una nuova piaga di Parigi. Poi un altro romanzo: le lotte dell'ingegno per aprirsi una strada nel mondo, un drappello di giovani che vanno a cercar fortuna a Parigi, la vita giornalistica, la vita letteraria, l'arte, la critica, la miseria in abito decente, le febbri, le disperazioni e i trionfi del giovane di genio, divorato dall'ambizione e dalla fame: una storia in cui riverserà tutto il sangue che uscì dalle ferite del suo cuore di vent'anni. E infine un romanzo più originale di tutti, che si svolgerà sopra una rete di strade ferrate: una grande stazione in cui s'incrocieranno dieci strade, e per ogni «binario» correrà un episodio, e si riannoderanno tutti alla stazione principale, e tutto il romanzo avrà il colore dei luoghi, e vi si sentirà, come un accompagnamento musicale, lo strepito di quella vita precipitosa, e vi sarà l'amore nel vagone, l'accidente nella galleria, il lavoro della locomotiva, l'incontro, l'urto, il disastro, la fuga; tutto quel mondo nero, fumoso e rumoroso, nel quale egli vive col pensiero da lungo tempo. E saran tutti romanzi del «ciclo» Rougon Macquart. Egli ne ha già nella mente, come una visione, mille scene: abbozzi confusi, pagine lucidissime, catastrofi tremende e avventure comiche e descrizioni sfolgoranti, che gli ribollono dentro senza posa, e sono l'alimento vitale dell'anima sua. Ha ancora otto romanzi da scrivere. Quando la storia dei Rougon Macquart sarà finita, egli spera che, giudicando l'opera intera, la critica gli renderà giustizia. Intanto lavora tranquillamente, e va diritto alla sua meta, senza guardar nè indietro nè ai lati, Il suo studio è la sua cittadella, nella quale egli sì sente sicuro, e scorda il mondo, tutto assorto nelle *graves jouissances de la recherche du vrai.*

—Vedete,—disse in fine,—io sono un uomo tutto di casa. Non son buono a nulla se non ho la mia penna, il mio calamaio, quel quadro là davanti agli occhi, questo panchettino qui sotto i piedi. Portato fuor del mio nido, son finito. Ecco perchè non ho passione per viaggiare. Quando arrivo in una nuova città, mi segue sempre la medesima cosa. Mi chiudo nella mia camera d'albergo, tiro fuori i miei libri e leggo per tre giorni filati senza mettere il naso fuor dell'uscio. Il quarto giorno m'affaccio alla finestra e conto le persone che passano. Il quinto giorno riparto.

—C'è un viaggio però—soggiunse—che farò sicurissimamente: un viaggio in Italia.

—Quando?—gli domandai ansiosamente.

—Quando avrò finito *Nana,*—rispose.—Probabilmente la ventura primavera. È un mio antico desiderio.

E domandò infatti quali erano i mesi propizii per fare un viaggio in Italia colla famiglia. È inutile che io dica se lo scongiurai di non cambiar proposito, e con che piacere intravvidi lontano una mensa splendida, coronata di realisti e d'idealisti italiani d'ogni età e d'ogni colore, affratellati almeno una sera per onorare un grande ingegno e un carattere forte e sincero.

E intanto egli continuava a discorrere, in piedi, vicino alla porta, colla sua amabile e virile franchezza, coi suoi gesti risoluti, col suo bel viso pallido e fiero, e veduto così sul fondo del suo studio elegante, pieno di libri e di carte, e dorato da un raggio di sole, dava l'immagine d'un bellissimo quadro, che rappresentasse l'ingegno, la fortuna e la forza; e il gridio dei due piccoli Zola che giocavano nella stanza accanto, vi aggiungeva una nota di gentilezza, che lo rendeva più nobile e più caro.

E mi suonano sempre all'orecchio le ultime parole che mi disse sulla soglia, stringendomi la destra con una mano e tenendo su coll'altra la tenda della porta:

—*Je suis toujours très-sensible aux poignées de main amicales qui me viennent des étrangers; mais ce n'est pas d'un étranger que me vient la vôtre; c'est de l'Italie, de ma première patrie, ou est né mon père. Adieu!*

PARIGI

Per quanto si stia volentieri a Parigi viene un giorno in cui la città diventa antipatica.

Passata la febbre dei primi giorni, quando si comincia a entrare un po' addentro a quella vita tumultuosa, si prova un disinganno, come al vedere la città la mattina per tempo, mentre è ancora scarmigliata e insonnita. Com'è brutta Parigi in quell'ora! Quei *boulevards* famosi, così sfolgoranti poche ore prima, non sono più che uno stradone irregolare, fiancheggiato da case misere, alte e basse, sbiadite, annerite, sformate sulla sommità da un orribile disordine di camini altissimi, che paiono la travatura di edifizi non finiti; e ogni cosa essendo ancora chiusa e velata da un po' di nebbia, non si vede che un grande spazio solitario e grigio, nel quale non si riconoscono più, a primo aspetto, i luoghi più noti; e tutto pare invecchiato, logoro e pieno di pentimenti e di tristezze; a cui sembra che vogliano sfuggire le rare carrozze che passano rapidamente, come peccatrici sorprese dall'alba e dalla vergogna, dopo l'ultima orgia del carnovale.—Son questi i *boulevards*?—si dice con un senso di rammarico, davanti a quel miserabile spettacolo. E così dopo qualche mese di vita parigina si dice:—Questa è Parigi?

Ma i primi mesi sono bellissimi, in specie per i cambiamenti che seguono in noi. Si prova subito un raddoppiamento d'attività fisica per effetto del raddoppiamento di valore del tempo, e l'orologio, fino allora sprezzato, assume la direzione della vita. Tre giorni dopo l'arrivo, senza che ce n'accorgiamo, la cadenza abituale del nostro passo è già accelerata, e il giro del nostro sguardo, ingrandito. Tutto, anche il divertimento, richiede previdenza e cura; ogni passo ha il suo scopo; ogni giornata ci si presenta, fin dallo svegliarsi, divisa e ordinata in una serie di occupazioni; e non ci rimane più alcuno di quei piccoli ozii, i quali, come in una marcia militare i riposi irregolari, infiacchiscono invece di ristorare le forze. La più torpida pigrizia è scossa e vinta. La vita sensuale e la vita intellettuale si intrecciano così sottilmente, e ci allacciano la giornata in una rete così fitta di piaceri e di pensieri, che non è più possibile stricarsene. Una curiosità smaniosa di mille cose s'impadronisce di noi, e ci fa correre dalla mattina alla sera coll'interrogazione sulle labbra e colla borsa in mano, come affamati in cerca di alimento. Il delitto clamoroso, il re che passa, l'astro che si spegne, la gloria che sorge, la solennità scientifica, il libro nuovo, il nuovo quadro, il nuovo scandalo, le grida di stupore e le alte risate di Parigi, si succedono così rapidamente che non c'è neppur il tempo di voltarsi a dare uno sguardo a ogni cosa; e siamo costretti a difendere faticosamente la nostra libertà di spirito, se vogliamo attendere a un qualsiasi lavoro. Tutto precipita e la menoma sosta produce una piena. Stiamo quarant'otto ore in casa; è come starci un mese in una città italiana. Uscendo, troviamo cento nuove cose nei luoghi soliti dove davamo una capatina, e cento nei discorsi del nostro crocchio d'amici; e torniamo a casa con una retata di notizie e d'idee, ciascuna già bollata d'un giudizio arguto, e come battuta in moneta spicciola, da potersi spendere immediatamente. In capo a pochi giorni ci troviamo nelle condizioni d'ogni buon «borghese» parigino: scambiamo cioè per dottrina e per spirito nostro tutta la dottrina e tutto lo spirito che ci corre intorno, tanto sentiamo nel serra serra di quella moltitudine che si rimescola vertiginosamente, il calore e il palpito della vita di tutti. Per quanto si viva in disparte, la grande città ci parla nell'orecchio continuamente, ci accende il viso col suo fiato, ci costringe a poco a poco a pensare e a vivere a modo suo, e ci attacca tutte le sue sensualità. Dopo quindici giorni lo straniero più restio fa già la gobba, come il gatto, sotto la sua mano profumata. Si sentono come i fumi d'un vino traditore, che salgono a grado a grado alla testa; un'irritazione voluttuosa, provocata dalla furia di quella vita, dallo sfolgorio, dagli odori, dalla cucina afrodisiaca, dagli spettacoli eccitanti, dalla forma acuta in cui ogni nuova idea ci ferisce; e non è passato un mese, che quel ritornello eterno di tutte le canzonette,—la bella donnina, il teatro e la cenetta—ci s'è piantato nella testa tirannicamente, e tutti i nostri pensieri gli battono le ali dintorno. Abbiamo già dinanzi un altro ideale di vita, da quello che avevamo arrivando, più facile allo spirito, più difficile alla borsa, verso il quale la nostra coscienza ha già fatto, prima che ce n'accorgiamo, mille piccole transazioni codarde. Certo non bisogna avere in sè cagioni di grandi dolori, perchè è tremendo per chi è in terra sentirsi passare addosso quell'immensa folla che corre ai piaceri. Ma Parigi è per la gioventù, per la salute e per la fortuna, e dà loro quello che nessun'altra città al mondo può dare. Certi stati d'animo, in fatti, brevi, ma deliziosi, sono specialissimi di quella vita: come è passare in carrozza per una delle strade più splendide e più rumorose, verso sera, sotto un bel cielo azzurro lavato di fresco da un temporale di primavera, pensando che ci aspetta dopo la corsa una bella mensa coronata di spalle bianche e tempestata di frizzi, e dopo la mensa, una nuova commedia dell'Augier, e poi un'ora in un crocchio d'amici colti ed amabili al caffè Tortoni, e in fine, a letto, un capitolo d'un nuovo romanzo del Flaubert, tra riga e riga del quale penseremo già alla gita che faremo a Saint-Cloud la mattina seguente. In nessun'altra città si danno delle ore così piene zeppe di sensazioni e di aspettazioni piacevoli. Non l'ora, ma il quarto d'ora è pieno di promesse misteriose e d'indovinelli, che tengono l'animo sospeso nella speranza di qualche cosa d'impreveduto: supremo alimento della vita. Abbiamo un amico al Giappone di cui non sappiamo nulla da anni? Mettiamoci davanti al *Grand Café* tra le quattro o le cinque: non è mica improbabile che lo vediamo passare. Là abbiamo tutto di prima mano. Siamo all'avanguardia, tra i primi dell'esercito umano a veder la faccia della nuova idea che s'avanza, le calcagna dell'errore che fugge, la nuova direzione del cammino dopo la svolta; e subito s'innesta sul nostro amor proprio una specie di vanagloria parigina, di cui ci spoglieremo alla stazione partendo; ma che s'impadronisce anche di coloro che detestano la città sin dal primo giorno. Ed è inutile tentar di fuggire a quel turbinìo d'idee e di discorsi. La discussione ci aspetta a cento varchi, ci provoca coll'arguzia, colla canzonatura, col paradosso, collo sproposito, e costringe l'uomo più apatico a farsi soldato in quella battaglia. Da principio si rimane sopraffatti, e per quanto si possegga la lingua, non si trova più la parola. Ai pranzi, in special modo, verso la fine, quando tutti i visi si colorano, non si ardisce slanciare il proprio in mezzo ai mille razzi matti di quelle conversazioni precipitose e sonore. Il sorriso canzonatorio della bella signora, che par che si serva di noi, nuovi a quel mondo, per fare i suoi esperimenti *in anima vili*, e la disinvoltura del giovanotto artisticamente pettinato, un po' maligno, e sempre lì coll'arco teso per coglier a volo il ridicolo, ci troncano i nervi; e ci sentiamo tornar su gli ultimi resti della timidità e della zoticaggine del collegio, e a dispetto di qualche capello grigio, arrossiamo. Ma poi dalla cassettina dei liquori spiccia anche per noi uno zampillo dell'eloquenza argentina dei conviti, e un piccolo trionfo riportato là, in quella terribile arena, ci pare il primo trionfo legittimo della nostra vita. E ogni giorno sentiamo d'acquistare qualche cosa. La lingua si snoda, ed anche parlando il linguaggio proprio riusciamo a trovare di più in più facilmente, in quella conversazione che è sempre una gara di destrezza, la formola più breve e più lucida del nostro pensiero; lo scherzo s'affila, confricato come è sempre, come lama a lama, con uno scherzo rivale; il senso comico, continuamente esercitato, s'affina; e a poco a poco ci si attacca col riso parigino la filosofia allegramente coraggiosa del *boulevardier*, per cui il mondo comincia alla Porta Saint Martin e termina alla Madeleine. Ma già il piccolo carico di cure e di rammarichi che avevamo portato da casa, c'è stato strappato via, appena arrivati, dalla prima ondata di quel mare enorme e non lo vediamo più che come un punto nero molto lontano da noi. Intanto la catena degli amici si allunga rapidamente; pigliarne delle nuove abitudini; tutte le nostre debolezze trovano la fossetta morbida in cui adagiarsi; allo sgomento che ci dava la grandezza di Parigi succede l'allegrezza della libertà che deriva appunto da quella grandezza; lo strepito che ci frastornava da principio, finisce per accarezzarci l'orecchio come il rumore di un'enorme cascata d'acqua; quella immensa magnificenza posticcia finisce per sedurci come la poesia maestrevolmente inorpellata d'un seicentista d'ingegno; il nostro passo comincia a sonare sul marciapiede dei *boulevards*, come dice lo Zola, *avec des familiarités particulières*; facciamo la mente al bisticcio, il palato alle salse, l'occhio ai visi imbellettati, l'orecchio ai canti in falsetto; si compie in noi a poco a poco una profonda e deliziosa depravazione di gusti; fin che un bel giorno ci accorgiamo d'essere Parigini fin nel midollo delle ossa. Eh! allora, durante quel primo tempo della luna di miele, si scusa tutto. La corruzione! Fanno ridere. Accorrono là gli scapestrati da tutte le plaghe dei venti, affamati di vizio, e ci fanno ira di Dio, rabbiosi che non ci si possa fare di peggio, e quando si son vuotati la borsa e le ossa, tornano nei loro paesi e gridano:—Che lupanare!—Ah sì, tocca davvero alle altre grandi città d'Europa a gridare allo scandalo: le ipocrite! E poi «la leggerezza!» È vero; ma «i gravi pensieri» di altri popoli ci rammentano un po' i pensieri di quel tal poeta tedesco, canzonato dall'Heine; quei pensieri celibi, che si fanno il caffè da sè e la barba da sè, e vanno a cogliere dei fiori pel proprio giorno onomastico nel giardino di Brandeburgo. E poi «la *blague*!» Ma se già si è appiccicata a noi, stranieri, nel soggiorno d'un mese, e ne portan via tutti un pochino, per il proprio consumo, quando tornano nelle loro patrie modeste! Ma s'ha ben altro da fare che difender Parigi mentre ci agitiamo fra le sue braccia. Il tempo vola, non vogliamo perderne un'ora, abbiamo mille cose da cercare, da studiare, da godere; ci piglia la furia di far entrar in ogni giornata, come il ladro nel sacco, tutta la ricchezza che vi può capire; un demone implacabile ci caccia a sferzate di salotto in salotto, dal teatro all'accademia, dall'uomo illustre al *bouquiniste*, dal caffè al museo, dalla sala da ballo all'ufficio del giornale; e la sera, quando la grande città ci ha detto e dato tutto quello che le abbiamo domandato, sempre amabile e allegra; quando sediamo a cena cogli amici, stanchi, ma contenti di sentirci la nostra preda nella testa e nel cuore, e ci cominciano a scoppiettare intorno le arguzie e gli aneddoti, e il primo bicchiere di Champagne ci tinge di color d'oro tutti i ricordi della giornata; allora con che slancio d'entusiasmo salutiamo la grande Parigi, l'ospite amorosa e magnifica, che a tutti apre le braccia, e profonde ridendo baci, oro ed idee, e rinfiamma in tutti i cuori col suo soffio giovanile il furore della gloria e l'amore della vita!

Ma dopo alcuni mesi, che cambiamento! Comincia a nascervi in cuore una piccola antipatia per una cosa insignificantissima; poi ve ne salta su ogni giorno una nuova; e in capo a un mese scappereste da Parigi mandandole il famoso saluto del Montesquieu a Genova;

Adieu.... séjour détestable;
Il n'y a pas de plaisir comparable
A celui de te quitter.

È davvero un rivolgimento d'idee stranissimo; ma segue, credo, a quasi tutti. Una bella mattina comincia per rivoltarvi uno scipitissimo *calembourg*, cento volte rifatto, del giornale che leggete tutti i giorni. La mattina dopo vi urta i nervi il sorriso rassegato della padrona del vostro *Hôtel* che somiglia a tutti i sorrisi che vi si fanno a Parigi da per tutto dove andate a portar dei denari; o per la strada, osservate che è intollerabilmente brutta l'uniforme dei gendarmi. Poi via via, pigliate in tasca l'impiegatessa cogli occhiali e coi baffi che vi domanda il nome, la patria e la professione per vendervi un biglietto pel *Théâtre français*; vi fa pizzicare le mani la goffa albagìa dei *concierges*, l'impertinenza di quei ridicoli camerieri in gonnella bianca, la brutalità dei fiaccherai, e la boria da grand'uomo di *tout ce qui est un peu fonctionnaire*. E quei dieci mascalzoni pagati, che in tutti i teatri, tutte le sere, vogliono farvi ammirare a suono d'applausi quel dato verso? E quelle eterne romanze, cantate da voci di gallina spennata viva, che vi tocca a ingoiare in tutte le case? Poi vi ristucca quel desinare a bocconcini numerati e classificati, tutta quella esposizione di prezzi, a centesimi, quel non so che di gretto e di pedantesco, da collegio-convitto, mascherato d'un lusso di baracca da fiera; quell'eterno sacrifizio d'ogni cosa all'apparenza, quell'eleganza leccata e pretenziosa, quel puzzo perpetuo di *marchand de vin* e di cosmetici, quegli spicchi di case, quelle scalette a chiocciola, quelle scatole di botteghe, quelle stie di teatri, quella *réclame* da saltimbanchi, quella pompa da bazar, la fontanella misera, l'albero tisico, il muro nero, l'asfalto fangoso; e appena fuori del centro, quei sobborghi immensi e uniformi, quegli spazii interminabili che non sono nè città nè campagna, sparsi di casoni solitarii e tristi, e quei giardinetti da asilo infantile, e quei villaggi da palco scenico. Ed è questa la grande Parigi? Se un terremoto fa crollare tutte le vetrine e una pioggia ardente cancella tutte le dorature, che cosa ci resta? Dov'è la ricchezza di Genova, la bellezza di Firenze, la grazia di Venezia, la maestà di Roma? Vi piace davvero quella vanagloriosa parodia di S. Pietro che è il Panteon, o quel tempiaccio greco-romano della Borsa, o quell'enorme e splendida caserma di cavalleria delle Tuileries, e la decorazione da *Opéra comique* della piazza della Concordia, e le facciate dei teatrini rococò, e le torri in forma di clarini giganteschi, e le cupole fatte sul modello del berretto dei jokey? E questa è la città che «riassume» Atene, Roma, Tiro, Ninive e Babilonia? Gomorra e Sodoma, sì, davvero. E non lo dite per la grandezza, della corruzione, ma per la sua insolenza. Ognuno ha il suo impiccato all'uscio, ci s'intende, ma *est modus in rebus*. In casa vostra almeno, come vi dice anche qualche francese, *elles se conduisent bien*. Ma dove sì vede, fuorchè là, una doppia fila di lupanari aperti sulla strada, colle belle esposte sul marciapiede, che alzano lo stivaletto ad altezze.... vertiginose, e mille *restaurants*, dove si gettano i *mots crus* da una parte all'altra della sala, o giocan di scherma coi piedi, sotto la tavola, coll'amico del cuore, a puntate pericolose? E che «genere»! Andate alle *Folies Bergère*: vi par di sentir ridere delle macchinette; sembra che abbian fatto tutte un corso di civetteria dalla stessa maestra; non movono un pelo senza uno scopo; regolano l'arte della seduzione col termometro, per non sciuparla, e la fan salire d'un grado alla volta, e hanno una tariffa per grado. Il sangue, poi! «*Tra due guancie impiastrate un mezzo naso.*» La bellezza è tutta nelle carrozze chiuse o nei salotti inaccessibili; alla luce del sole non ci sono che le acciughe

Di lussuria anelanti e semivive

o i donnoni che scoppian nel busto, immobili dietro ai *comptoirs*, come grosse gatte, con quei faccioni antigeometrici, che non dicono il bellissimo nulla. E il sesso mascolino, dunque! Quel formicolìo di *gommeux*, mostre di uomini, con quei vestiti da modellini di sarto, da cui spunta la cocca del fazzoletto e la punta della borsina e il guantino e il mazzettino; *environnés*, come dice il Dumas, *d'une légére atmosphère de perruquier*; senza spalle, senza petto, senza testa, senza sangue, che paiono fatti apposta per essere scappellati con una pedata da una ballerina del

Valentino! E che ragazzaglia tutti quanti, giovani e vecchi, di tutte le classi! Trecento «cittadini» si affacciano alle spallette d'un ponte per veder lavare un cane; passa un tamburo, s'affolla mezzo mondo; e mille persone, in una stazione di strada ferrata, fanno un fracasso interminabile di battimani, d'urli e di risa perchè è caduto il cappello a un guardatreni; e guardatevi bene dal tossire, perchè possono mettersi a tossire tutti e mille insieme per tre quarti d'ora. E che democratici! Oh questo sì; democratici nel sangue, e fierissimi sprezzatori d'ogni vanità, come *monsieur Poirier*. Il vostro amico intimo, per desinare faccia a faccia con voi, in casa propria, si mette il nastro all'occhiello; il ricco negoziante di telerie vi annunzia col viso radiante, come un trionfo della casa, che avrà a pranzo un sotto prefetto *dègommé*; i *sergents de ville* si pigliano impunemente, colla folla, delle licenze manesche di cui basterebbe una mezza, fra noi, a provocare un sottosopra; e il popolo sovrano, nelle feste pubbliche, è fermato a tutti i varchi a furia di sentinelle e di barricate, scacciato, malmenato con una brutalità, che persino l'aristocratico *Figaro*, il giornale che concilia con tanto garbo la descrizione d'una santa comunione e l'aneddoto della *fille aux cheveux carotte*, si sente in dovere di levare un grido d'indignazione. E dove s'è mai vista una letteratura più spasimante per il blasone; scrittori che si lascino venire così ingenuamente l'acquolina sulle labbra al suono di un titolo gentilizio, e che mettano più stemmi e più boria aristocratica nelle loro creazioni? Quando ci libereranno dai loro eterni visconti e dalle loro eterne marchese questi ostinati frustasalotti? Non ce n'hanno ancora imbanditi abbastanza di quei loro «protagonisti» nobili, giovani, belli, spiritosi, coraggiosi, spadaccini, irresistibili, che hanno tutti i doni di Dio *«même une jolie voix de ténor?»* E ghiotti di ciondoli, Dio buono! Quel povero Paul de Kock, che a settantaquattro anni scrive venti pagine per provare che non gl'importa nulla di non aver ricevuto la Legion d'onore, e ha quasi voglia di piangere! E dov'è un altro paese democratico, in cui gli scrittori coprano d'un ridicolo così sanguinosamente ingiurioso intere classi della cittadinanza, dove l'epiteto di *bourgeois* abbia assunto, in mente di coloro stessi a cui spetta, un significato più aristocraticamente sprezzante, e dove basti un nome, solo perchè ha il suggello plebeo, a far scoppiare dalle risa una platea? Ma cos'è dunque questo bizzarro impasto di contraddizioni, il Parigino? Chi lo sa? Afferratelo; vi sguiscia di mano. Presentategli il bandolo d'una di quelle quistioni in cui si rivela un uomo, ed egli, astutamente, lo rimette in mano a voi con un colpo di mano da prestigiatore. Hanno spirito: ce lo cantano in tutti i tuoni, ed è vero. Ma fino a un certo segno. Hanno un ricchissimo corredo di proposizioni e di giri di frase, arguti, svelti, elasticissimi, con cui se la cavano dalle strette più difficili, e tagliano la parola a uno spirito più profondo ma meno destro. Ci sono molti Parigini, certo, che sono spiritosissimi; ma questi lavorano per tutti. La superiorità loro è che il grosso della popolazione è un eccellente conduttore di questa specie d'elettricità dell'ingegno, per cui il motto arguto detto da uno la mattina, girando con rapidità meravigliosa, diventa proprietà di mille la sera, e ciascuno è sempre ricco di tutta la ricchezza circolante. Ma che il *gamin* di Parigi sia proprio di tanto più arguto del *vallione* di Napoli e del *becerino* di Firenze? E come ci studiano! Si preparano per i pranzi, vanno alla conversazione col repertorio già scelto e ordinato, e conducono il discorso a zig zag, a salti, a giravolte, a sgambetti, con un'arte infinita, per metter fuori, in quel dato momento, il gran tesoro d'una corbelleria. E questi spiritosi di seconda mano si somiglian tutti; sentito un *commis voyageur*, ne avete sentito mille. Ci son certi ingredienti e un certo meccanismo per distillare quello spirito, che una volta scoperti, è finita, come delle botte «di riserva» degli schermitori. Ma ci tengono! Fa pietà e dispetto davvero, vedere il vecchio acciaccoso, affetto d'incipiente *delirium tremens*, che quando è riuscito, nella folla, a infilare un giochetto di parole che fa sorridere cinque grulli, rialza la fronte sfolgorante di gloria e di gioia, e se ne va beato per una settimana! E poi questa mania universale di *fair de l'esprit* che castra il pensiero, che fa dir tante goffaggini, e sacrificare così spesso la ragione, la dignità e l'amicizia a un *succés* di cinque minuti, è come un velo continuamente sventolato davanti al pensiero, che intorbida la vista delle anime. Potete mai sapere che cosa rimpiatti un uomo dietro quello scherzo eterno? Ma ci son ben altri veli tra il Parigino e voi. Il Parigino «della buona società» sembra un uomo, come suol dirsi, alla mano; ma non lo è affatto. È raro che proviate con lui il piacere d'una conversazione famigliarissima e liberissima. Preoccupato, com'è sempre, dal pensiero di essere un oggetto di curiosità e di studio per lo straniero, sta in guardia, regola il gesto e il sorriso, studia l'inflessione della voce, pensa continuamente a giustificare l'ammirazione che presuppone in voi, e ha sempre un po' della civetteria della donna e della vanità dell'artista. Ogni momento vi vien la voglia di dirgli:—Ma leviamoci i guanti una volta!—La sua natura corrisponde al suo modo di vestire, che, anche quando è modesto, ha qualche piccolissima cosa che tradisce la ricercatezza effeminata del bellimbusto. Egli è gentile senza dubbio, ma d'una gentilezza che vi tiene in là, come la mano leggiera d'una ragazza che non vuol essere toccata. Vada per lo Spagnuolo, il quale fa sentire la sua superiorità con una vanteria colossale, sballata tanto dall'alto, che vi passa al di sopra della testa. Ma il Parigino vi umilia delicatamente, a colpi di spilla, con quel perpetuo sorriso aguzzo di chi assaggia una salsa piccante, facendovi delle interrogazioni sbadate, colorite d'una curiosità benevola delle cose vostre. Oh poveri Italiani, com'è conciato, a Parigi, il vostro povero amor proprio! Se non nominate proprio Dante, Michelangelo e Raffaello, per tutto il rimanente non ne caverete altro che un:—*Qu'est ce que c'est que ça?* Il deputato papista vi domanda se Civitavecchia è rimasta al Papa. Il buon padre di famiglia vede i briganti col fucile a tracolla che fumano tranquillamente un Avana davanti al *Caffè d'Europa* a Napoli. Il gentiluomo è stato in Italia, senza dubbio; ma per poter *causer Italie* colla bella signora, nel vano della finestra, dopo desinare; o per appendere il ciondolo *Italia*, alla catenella delle sue cognizioni, e farlo saltellar nella mano nei momenti d'ozio, con quelle solite formule, che ogni Francese possiede, sul paesaggio, sul quadro e sull'albergo. Il famoso De Forcade diceva del Manzoni, a tavola:—*Il a du talent.*—Quasi vi domanderebbero:—Ma che proprio si può nascere in Italia?—Quest'idea d'esser nato a Parigi, d'aver avuto questo segno di predilezione da Dio, sta in cima a tutti i pensieri del Parigino, come una stella, che irradia tutta la sua vita d'una consolazione celeste. La benevolenza ch'egli dimostra a tutti gli stranieri, è ispirata in gran parte da un sentimento di commiserazione, e i suoi odii contro di essi non sono profondi, appunto perchè considera i suoi nemici abbastanza puniti dalla sorte, che non li fece nascere dove egli è nato. Perciò adora tutte le fanciullaggini e tutti i vizii della sua città, e ne va superbo, solo perchè sono fanciullaggini e vizii di Parigi, che per lui sta sopra alla critica umana. E si può dare una città capitale che sputi più audacemente in faccia al popolo della provincia, rappresentato dai suoi scrittori come un ammasso di cretini? e scrittori che incensino la loro città con una impudenza più oltraggiosa, non solo per ogni altro amor proprio nazionale, ma per la dignità umana? E vi dicono in faccia, dal palco scenico, che i fumi dei suoi camini sono le idee dell'universo! Tutti sono prostrati col ventre a terra davanti a questa enorme cortigiana, madre e nutrice di tutte le vanità; della vanità smaniosa di piacerle, prima fra tutte, di ottenere da lei, a qualunque costo, almeno uno sguardo; di quella vanità vigliacca che spinge uno scrittore a dichiararsi, nella prefazione d'un romanzo infame, capace di tutte le turpitudini e di tutti i delitti di Eliogabalo e di Nerone. Pigliate dunque sul serio le loro prefazioni piene di smorfie, di puerilità, di spacconate, di imposture. La vanità li appesta tutti. Non c'è in tutta la letteratura contemporanea uno di quei caratteri grandi, modesti, benevoli, logici, che uniscono allo splendore della mente la dignità della vita; una di quelle figure alte e candide, davanti a cui si scopre la fronte senza esitazione e senza reticenze, e il cui nome è un titolo di nobiltà e un conforto per il genere umano. Tutto è dominato e guasto dalla mania della *pose*: *pose* nella letteratura, *pose* nella religione, *pose* nell'amore, *pose* anche nei più grandi dolori. Una sensualità immensa e morbosa costituisce il fondo di tutta quella vita, e si rivela nelle lettere, nella musica, nell'architettura, nelle mode, nel suono delle voci, negli sguardi, persino nelle andature. Godere! Tutto il resto non è che un mezzo per arrivarci. Da un capo all'altro di quegli splendidi *boulevards* suona una enorme risata di scherno per tutti gli scrupoli e per tutti i pudori dell'anima umana. E viene un giorno, infine, in cui quella vita v'indigna; un giorno in cui vi sentite rabbiosamente stanchi di quell'immenso teatro, impregnato d'odor di gaz e di pasciulì, dove ogni spettacolo finisce in una canzonetta; un giorno in cui siete stufi di bisticci, di *blague*, d'intingoli, di tinture, di *réclame*, di voci fesse, di sorrisi falsi, di piaceri comprati; e allora l'odiate, quella città svergognata, e vi pare che per purificarvi da tre mesi di quella vita, dovreste vivere un anno sulla sommità d'una montagna, e provate una smania irresistibile di correre ai campi aperti e all'aria pura, di sentir l'odore della terra, di rinverginarvi l'anima e il sangue nella solitudine, faccia a faccia colla natura.

La sfuriata è fatta: sta bene. Facciamoci in là perchè passi, come dicono gli Spagnuoli. A Parigi si può dire quello che si vuole: essa non ci bada più di quello che gli elefanti dei suoi giardini zoologici badino ai fanciulli che portano sul dorso nei giorni di festa. E poi non son queste le ultime impressioni di Parigi. Al periodo in cui si vede roseo e a quello in cui si vede nero ne succede un terzo che è un ritorno verso il primo; il periodo in cui si comincia a vivere pacatamente in un cerchio d'amicizie scelte e provate. E convien dirlo: l'amico trovato là, il buono e schietto Francese, vale veramente per due. In nessun altro Europeo trovate un'armonia più amabile della mente, del cuore e delle maniere. Fra l'amicizia più espansiva che profonda degli europei meridionali o quella profonda, ma chiusa, dei nordici, preferite la sua, calda e forte ad un tempo, e piena di giocondità e di delicatezze. Com'è bello, quando s'è stanchi del tumulto della grande città, la sera, andare sull'altra riva della Senna, in una strada silenziosa, a ritrovare la piccola famiglia tranquilla, che vive come in una isoletta in mezzo a quel mare turbolento! Che care accoglienze vi ricevete, che schietta giovialità trovate a quella mensa signorilmente modesta, e come vi riposa il vostro spirito! Parigi stessa vi offre mille scampi ai suoi pericoli e mille rimedi alle sue febbri. Dopo le notti ardenti vi slanciate con un piacere inesprimibile a traverso ai suoi bellissimi boschi, per i sobborghi ridenti della Senna, dove trovate l'allegria delle feste campagnole, e nei suoi vasti giardini, in mezzo a un formicolìo immenso di fanciulli; o per una di quelle sue *avenues* enormi e solitarie, in cui il cuore e il pensiero s'allargano, e l'immagine trista della Babilonia dei *boulevards* vi appare infinitamente lontana. E per tutto trovate un popolo che più si studia, più rivela dei difetti; ma in cui ogni difetto ha per riscontro una qualità ammirabile. È un popolo frivolo, ma in cui una parola nobile e risoluta trova sempre un eco. C'è sempre una via aperta e sicura per arrivare al suo cuore. Non c'è alto sentimento o bella idea che non trovi presa istantaneamente nell'anima sua. La sua intelligenza agilissima rende mirabilmente facili e piacevoli tutte le comunicazioni del pensiero. La parola sfuggevole, la sfumatura, la mezza intenzione, il sottinteso, l'accento, il cenno; tutto coglie a volo. Mille persone riunite hanno un'anima sola per comprendere e per sentire. È impossibile non sentirsi presi da simpatia per quelle sue feste, per quelle tumultuose baraonde, in cui l'allegrezza eguaglia tutte le età e tutte le condizioni, e una folla innumerevole non è più che una sola immensa radunata di amici spensierati e felici. Il più cocciuto nemico bisogna che rompa in uno scoppio d'ilarità e che spalanchi il cuore alla benevolenza. Perchè sotto quella fanciullaggine del Parigino, in fondo, c'è necessariamente della bontà, come sotto una bella spuma un buon vino.

Egli è naturalmente franco, anche se i suoi modi non lo paiono; non diffidente; più facile a essere ingannato che a ingannare; inclinato a perdonare le offese, conciliante, sdegnoso dei rancori meschini e di tutte le piccole grettezze della vita. È costantemente, per sua natura, nello stato d'animo in cui si trovano tutti dopo un banchetto festoso, in cui il vino sia colato a profusione: disposto e pronto in egual modo a commettere un grosso sproposito e una grande azione, ad abbracciare un nemico accanito e a provocare il vicino per una parola, a fare una enorme buffonata ritto sulla tavola e a impietosirsi per il piccolo mendicante che domanda un pezzo di pane alla porta. Uscito fuori dal piccolo cerchio della sua vita ordinaria, lo spettacolo della vita immensa di Parigi esalta tutte le sue facoltà e tutti i suoi sentimenti buoni e cattivi. Un effetto simile lo proviamo noi pure. L'ingrandimento delle proporzioni di tutte le cose ci dà a poco a poco un altro concetto delle cose stesse. La corruzione medesima, enorme e splendida, finisce per sedurci come un vasto e svariatissimo campo di studio, più di quello che ci respinga per la sua laidezza; e ci abituiamo a considerarla quasi come una forma utile della vita, come una grande e terribile scuola, che chiude un tesoro infinito d'esperienze e d'idee, e fa scattare la molla di mille ingegni potenti. Nelle sale del Bullier, in mezzo al turbinio di trecento ragazze, che ballano tutte insieme cantando a una voce *Perruque blonde*, invece d'un grido contro la corruzione, ci esce dal cuore un inno ardente alla gioventù e alla vita. Stomacati dei paesi dove non c'è d'originale nemmeno il vizio e il suo linguaggio, là troviamo almeno la assenza della forma più schifosa e più vile della corruzione, che è la manìa di fingerla per vanagloria, mentre non s'ha nè la forza nè il modo di goderla nella sua tremenda pienezza. E a poco a poco ci persuadiamo che molte che credevamo malattie colpevoli, non sono là che efflorescenze d'un sangue troppo ricco; mentre non sono che mancanza di vitalità certe virtù negative di cui menano vanto in faccia a Parigi altri popoli; ai quali si potrebbe dire come la Messalina del Cossa a Silio:—Siete tanto corrotti che non sopportate la grandezza del vizio.—E così in tutti i campi della vita, trovate là con un sentimento misto di rammarico per voi e di ammirazione per Parigi, l'originale di mille cose di cui in casa vostra non avevate visto che il fac simile, ridotto a forma tascabile per la gente minuta. E vi sentite disposti a perdonar molto all'orgoglio, quando osservate da vicino le cose, e potete mettervi nei panni d'un popolo che si vede scimmiottato dall'universo; che vede raccolte e portate in giro le briciole della sua mensa, glorificate opere fatte coi ritagli delle sue; innalzati dei busti, in certi tempi e in certi luoghi, a gente che non ha altro merito che di essere abbonata alla *Revue des deux Mondes*; rubacchiata la sua lingua e rivomitata cruda in molte lingue straniere; messo a sacco il suo romanzo e il suo teatro; tesoreggiati tutti i pettegolezzi della sua storia e della sua cronaca; conosciuta la sua città come la palma della mano; *Tortoni* più famoso di molti monumenti immortali; la *Maison dorée* in cima ai sogni dei dissipati di tutta la terra; contraffatti i suoi modi, ripetute le sue risate, ricalcati i suoi scherzi, adorati i suoi capricci; e si capisce anche come si stizzisca quando qualcuno dei suoi più pedanti scolari gli tira il calcio dell'asino. Come stupirsi che non si occupi che di sè un paese così sfegatatamente adulato, a fatti se non a parole? E non riesce tutto a danno suo od altrui questo difetto poichè deriva dal conoscere profondamente le cose proprie, dall'amarle anche d'un amore eccessivo, e dal credere che il mondo intero ne faccia la medesima stima, quel che di caldo, di colorito, di originale, di vitale, che mette in tutte le manifestazioni di sè stesso. Ha un minor campo da percorrere, come diceva di sè lo Schiller al Goethe; ma lo percorre perciò in minor tempo in tutte le sue parti. Quindi un inseguirsi e un congiungersi continuo d'idee e di sforzi diretti al medesimo segno, una frequenza grande di attriti da cui esce luce e calore; ogni palmo di spazio disputato da mille contendenti; invece del cammino la corsa, invece della controversia la mischia; e in questa mischia perpetua, buttato via tutto il bagaglio superfluo, tutto fatto arma di offesa e di difesa, sfrondato il pensiero, stretto il linguaggio, precipitata l'azione; arte e vita ugualmente ardite e rapide, e tutto incoraggiato dalla gran voce festiva della grande città, che parla ad acutissime note cristalline, intese da tutta la terra. E più ci s'addentra nello studio di quella vita, più si rimane meravigliati vedendo l'immenso lavoro che si fa sotto quell'apparenza di dissipazione universale; quanti lavoratori sudano nella solitudine; quanti si preparano alla lotta pubblica, nell'oscurità, con incredibili fatiche; come ogni maniera d'ingegno, non solo, ma qualsiasi parzialissima facoltà appena più che mediocre, trovi là il modo d'esercitarsi con vantaggio proprio e comune; come a ogni ingegno si formi subito intorno spontaneamente un cerchio d'intelligenze colte ed amiche che lo aiutano a estrinsecarsi e a salire; come ogni menoma promessa di riuscita nel campo dell'intelligenza, desti intorno a sè, in tutte le classi della cittadinanza, un sentimento gentile di curiosità e di rispetto, e strappi a tutti quel tributo anticipato di gloria, che concorre mirabilmente a farla diventare realtà; che impulso strapotente sia alle forze umane la certezza dell'improvviso e largo cambiamento di fortuna che produce là il vero «successo»; come sia grande e inebbriante in quella città il trionfo dell'ingegno, che appena salutato da lei, riceve saluti di ammiratori ignoti e offerte e consigli da ogni parte del mondo; come all'uomo caduto sopra una via, rimangano aperte cento altre vie, solo che si rassegni ad abbassare d'un piccolissimo grado le sue pretensioni alla gloria; come la natura obbliosa della grande città, che non lasciando addormentar nessuno sopra un solo trionfo, obbliga tutti a ripresentarsi continuamente alla gara, produca quelle vite meravigliosamente operose, quelle vecchiaie ostinatamente battagliere, il cui esempio mette il furore del lavoro nelle generazioni seguenti; e infine che enorme quantità si ritrovi là di lavoro non finito, di prove, di abbozzi, di materiale sciupato dagli uni, ma non inutile per chi verrà, e di creazioni pregevoli, in tutti i campi, ma condannate a morire dove sorgono, perchè schiacciate dall'abbondanza del meglio. Quando s'è osservato tutto ciò, il soggiorno di Parigi riesce caro ed utile solo per veder lavorare quella macchina immensa, per vedere come essa leviga, perfeziona, trasforma, spreme, stritola l'inesauribile materiale d'ingegno, di ricchezza, di gioventù, d'ambizione, di coraggio, che la Francia e il mondo gettano continuamente fra le sue ruote formidabili, e come versa dalla parte opposta grandi nomi, celebrità sventrate, capolavori, parole immortali, ossa rotte, armi, gemme e trastulli, che la Francia e il mondo s'affannano a raccogliere e a commentare. Fate dunque i censori addosso a questo colosso! Strillate contro i suoi operai perchè bevono l'assenzio e cantano in falsetto e hanno la donnina che li aspetta alla porta. Che pedanteria!

Ma non è neppur questa l'ultima impressione che si riceve da Parigi. Standovi lungo tempo, si passa ancora per la trafila di altri entusiasmi e di altri disinganni. Molte sere ritornerete a casa, fra quelle file interminabili di lumi, malinconici, uggiti a morte di tutto, con un rabbioso amor di patria nel cuore. Poi vi riconcilierete colla città in una bella giornata d'autunno, assistendo a una di quelle sue espansioni clamorose di gioia che rasserenano le anime più fosche. Un'altra volta una piccola umiliazione, uno stupido gioco di parole ripetuto da un milione di bocche, uno spettacolo d'un'oscenità stomachevole, un cielo chiuso e plumbeo che fa mutar aspetto a ogni cosa, vi risolleveranno dentro tutte le antipatie e tutte le stizze con una tale violenza, che vorreste veder sparire quella città come un accampamento portato via da un uragano. Ma vi vergognerete improvvisamente di quell'odio un altro giorno, pensando all'enormità del vuoto che vi rimarrebbe nella mente se ne uscisse a un tratto tutto ciò che quella città vi ci ha messo dalla vostra infanzia fino a quel giorno. Fino all'ultimo momento Parigi vi farà mille dispetti e mille carezze, come una bella donna nervosa, e voi proverete tutti gli alti e bassi d'una passione: oggi a' suoi piedi, umili; domani presi dal furore di morderla e di insultarla, e poi daccapo a chiederle perdono, affascinati. Ma sentirete ogni giorno più stringersi il legame che v'unisce a lei. E si sente più che mai quando si parte, la sera che si passa per l'ultima volta, rapidamente, in mezzo a quell'immenso splendore dei *boulevards*, a cui succede tutt'a un tratto la mezza oscurità lugubre d'una stazione enorme e nuda. Allora, per quanto si desideri di riveder la patria, si è presi da una grande tristezza all'idea di ritornare in quel piccolo dormitorio di città da cui si è partiti, e si porge l'orecchio per l'ultima volta al tumulto lontano di Parigi con uno struggimento inesprimibile di desiderio e d'invidia. E dal fondo del vagone, al buio, rivedete la città, come l'avete vista una bella mattina di luglio da una torre di *Nôtre Dame*; attraversata dall'enorme arco azzurro della Senna, coi suoi lontani orizzonti violacei, immensa e fumante, nel punto in cui dalla piazza sottoposta i tamburi d'un reggimento vi mandavano su un eco della battaglia di Magenta. Oh! bella e tremenda peccatrice—esclamate allora—io t'assolvo, e a rischio della dannazione dell'anima, t'amo!